TURKSVYE EN TAMELETJIE

Vir Marjorié

Mari Ströh

Malherbe Uitgewers Publikasie

Outeur: Mari Ströh
Voorbladontwerp: Mari Ströh

Font: Franklin Gothic Book 11pt

INLEIDING

In elke vrou se hart skuil 'n storie – soms gefluister tussen tee en beskuit, ander kere geskryf in trane, lag, verlange of stilte. Hierdie bundel bring 30 unieke verhale bymekaar wat elkeen op sy eie manier 'n stukkie waarheid, hart, en heuning bevat. Sommige stories ruik na kaneelkrummels en laventel, ander proe soos sout of klink soos 'n stem wat jy amper vergeet het.

Of jy nou 'n 'kerkbankvrou' is, of iemand wat nog wag op 'nog 'n kans', hier is 'n storie vir jou. Ons ontmoet vroue soos Atalia, Maria en Claudia Procula; ons lag saam oor 'Delicious nie Dik', en onthou die een wat jy dalk ook gesoen het.

Hierdie is nie net verhale nie, dis herinneringe, drome en die rou waarheid van vrouwees in al haar vorme. Dankie aan elkeen wat hul hart oopgemaak het, hul humor gedeel het, en iets van hulself in hierdie bladsye kom neerlê het. Elke storie dra iets van ons almal – ons vreugde, ons verlies, ons krag.

Maak 'n koppie koffie, sit terug, en luister na die stemme tussen die bladsye. Miskien hoor jy jou eie ook.

Dankie! ... aan elkeen wat bereid was om julle stories en herinneringe, julle verlange en julle humor met my te deel. Elke storie in hierdie bundel dra iets van ons almal!

Inhoud

Atalia

"Verder sal Ek uitroei die towerye uit jou hand, en jy sal geen goëlaars meer hê nie."
– **Miga 5:11**

Atalia was nie maar net 'n vrou nie. Sy was dogter van 'n koning, suster van 'n koningin, en uiteindelik self 'n heerser – nie as iemand se vrou nie, maar as 'n vrou met mag. Sy het geglo haar bloed was blou. Sy was die kind van Omri, koning van Israel, die militêre meester wat Moab verower en met Tirus 'n alliansie gesluit het. Haar skoonsuster, Isebel, het geskiedenis gemaak deur haar godsdiens en haar vasberadenheid; en gesterf soos 'n heks, uit 'n venster gestoot, haar bloed teen die paleismure.

Atalia het vroeg geleer: mag is nie iets wat jy ontvang nie. Dit is iets wat jy vat.

Sy is aan Joram, kroonprins van Juda, uitgehuwelik – 'n man wat sy lewe op die slagveld verspeel het. Ná sy dood het hul seun, Ahasia, koning geword, en Atalia het haar plek ingeneem as koninginmoeder. 'n Posisie met invloed, naby aan die troon, naby aan die ware gesag. 'n Moeder en 'n maghebber – die enigste rol waarin 'n vrou binne die paleis kon oorleef.

Maar Ahasia is, nes sy pa, vermoor. Jehu het sy naam op die lys van die dooies geskryf, saam met die hele koningshuis van Israel.

1

Toe Atalia dié nuus hoor, het sy geweet niemand sou haar spaar nie. Nie haar familie nie, nie haar bloed nie. So het sy haar besluit gemaak.

Sy sou nie net oorleef nie. Sy sou regeer.

Sy het die hele koninklike geslag van Juda laat uitmoor. Seuns, neefs, kleinkinders, elkeen wat 'n bedreiging vir haar troon kon wees. Die paleis het stil geword sonder kinders.

Was dit mag of wanhoop wat haar daartoe gedryf het? Was sy nog 'n moeder, of slegs 'n oorlewende?

Een kind het oorleef: Joas, die seun van Ahasia. Onwetend aan Atalia het haar eie suster, Joseba, hom gered – in 'n kamer in die paleis versteek, saam met sy verpleegster. Daar, in die skadu van Atalia se heerskappy, het die kind ses jaar lank oorleef. 'n Onsigbare bedreiging, soos 'n saadjie onder sneeu.

Atalia het die troon gehou, ses jaar lank. Haar regering was hard, haar oë altyd op die hofdeure. Haar mag was absoluut. Maar sy het alleen geslaap. Haar kinders was dood. Sy was 'n moeder sonder 'n kind, 'n koningin sonder 'n erfgenaam.

Toe het Jojada, die priester – en Joseba se man – die seun na vore gebring. Op sewejarige ouderdom is Joas as koning gesalf. Die volk het gejuig. Die paleis het weer lewe tussen die mure beleef.

Atalia het die lawaai gehoor. Sy het die seun gesien, tussen soldate en priesters, hande in die lug, trompette in die wind. Sy het haar klere geskeur.

"Verraad! Verraad!" het sy geskree.

Maar daar was niemand meer wat haar gehoor het nie. Nie as moeder nie. Nie as koningin nie.

Sy het probeer vlug na die tempel, na die plek waar selfs sondaars hul hande kon uitsteek en beskerming soek. Maar die bevel was duidelik: nie in die huis van die Here nie.

By die Perdepoort het hulle haar ingehaal. Die een wat haar kinders geslag het, is self geslag. Met swaarde het hulle haar neergevel. Geen troon, geen nageslag, geen genade.

Joas het regeer. Jojada het die tempel herstel. En Atalia … vergete.

Of dalk nie. Dalk fluister haar naam nog in die gange van mag, waar vroue moet kies tussen moederskap en oorlewing, tussen liefde en mag, tussen kind en kroon.

"Hy sal Hom weer oor ons ontferm, ons ongeregtighede vertree; ja, U sal al hulle sondes in die dieptes van die see werp."
– **Miga 7:19**

Boude en Beskuit

Ek skrik toe ek sien hoe laat dit is. Ek het sowaar aan die slaap geraak. 'n Sondagmiddag-winterslapie onder my verekombers is nou eenmaal 'n versoeking wat ek nie kan weerstaan nie. En as bonus: die lekkerste droom wat sommer my wange laat gloei.

Ek trek my vingers deur my hare en vee die swart maskara-strepe onder my oë sommer met my wysvingers af terwyl ek my voete in die paar wolpantoffels voor my bed indruk. Ek wonder of Pa al opgestaan het. Die huis is grafstil.

Pa sit in die sitkamer met 'n boek voor hom en ek sê-vra in die verbygaan voordat ek die ketel aanskakel, "Het Pa lekker geslaap? Pa is seker al dood van die dors? Wat lees Pa? Sjoe, ek het omtrent verslaap..."

"Mmmm... ja, dankie, koffie sal lekker wees. Wil jy hoor wat ek lees? Luister hier," sê Pa vaag en amper afwesig, en begin hardop lees: "Devan gaan sit wydsbeen oor haar skoot, vat haar sagkens weerskante van haar gesig en streelsoen haar op haar lippe ... raak aan die bewe soos 'n hond wat gif ingekry het, van opgewondenheid..."

"Pa! Wat de hel!"

"Susaar, jou taal," sê Pa amper onhoorbaar, baie diep geïnteresseerd in sy boek.

Ek stop in my spore. Vir 'n oomblik weet ek glad nie wat om te sê nie.

"Wat se snert lees Pa?" vra ek. Ek gaan ook aan die bewe, van skok! En ... sit Pa sowaar en giggel? Of is dit van pure lekkerkry? Dit lyk dan nou vir my of hy regtig bewe... of nee, wag, Pa skud en lag só dat die trane oor sy wange loop.

"En waar kom Pa aan die boek? Dit is vir seker nie myne nie!" raas ek en draai weer kombuis toe. Ek het nou dringend koffie nodig. Kan jy glo? Die ou man sit sowaar en lees, wat vir my klink, na 'n hygroman!

Pa lees verder.

Ek hoor sy stemtoon verander en gaan sit op 'n stoel naaste aan die deur – ook maar nuuskierig, veral ná die lekker romantiese droom van vroeër. Ek moet net vir Pa ook dophou. Sy hart kan dalk besluit om sy pasaangeër 'n punt te bewys...

"Haar sagte, volrooi, warm lippe gaan huiwerend, asof eksperimenterend, effens oop, asof sy die erns van haar reaksie oorweeg. Dan, soos 'n oorvol damwal wat breek, gee sy vir 'n oomblik aan al haar emosies en vertwyfelinge toe ... net vir 'n oomblik..."

"Ja, my kind, ek lees die hygroman en ervaar vir die eerste keer in my lewe ook die waarde van dáárdie gevoel. Vreugde of hartseer en pyn ... ware gevoelens wat ons mee, asof dit tennis is, speel..."

Pa lees verder, die lag terug in sy stem. Ek weet hy terg my.

"Bessie sit haar hande om sy middel, krap liggies met haar naels op en af teen sy rug en trek stadig sy hemp uit die agterkant van sy broek. Haar hande glip eers onder sy hemp in, vat dan sy agterstewe vas en trek hom aan die rondings van sy boude nader aan haar sodat haar borste teen hom druk. Sy voel die klopping van sy hart ... of is dit hare ...?

"Verlamming in haar onderlyf tree in en die gevoel wat teen haar bene afgly laat haar vinniger asemhaal ... en sy sê met 'n bewerige stem, 'Ek dink ons moet stop?' Sy prewel egter sag teen sy oor, 'Moenie nou stop nie...'

"Sy begin ritmies teen hom skuur en druk haar kop terselfdertyd teen sy skouer vas toe dit voel asof nuanse haar gaan oorweldig..."

"Pa!" skree ek van die kombuis af. "Stop nou die verspottigheid!"

"Ag, kom nou, Susaar, hier het nog niks gebeur nie! Wat is fout met jóú?"

"Respek, Pa? Dankie!"

Ek sit Pa se koffie en beskuit langs hom neer, gluur deur skrefies oë na hom en stap by die deur uit. Laat die sifdeur moedswillig hard toeklap en gaan sit by die draadtafel. Sy gelag agtervolg my en ek vererg my opnuut, weer 'n keer!

Ek's nóg meer vies toe die beskuit in my koffie afbreek en ek noodgedwonge moet terugstap om 'n teelepel te gaan haal. Ek sorg dat die deur weer ekstra hard toeklap in die hoop om Pa se lag uit te doof.

"Jy kort 'n man," sê Pa en knipoog, al laggende, toe hy by my verbyloop in die rigting van die beeskraal. Sy kraag hoog opgeslaan en sy hoed diep op sy kop vasgedruk ... teen die koue natuurlik. Pa is tagtig jaar oud en ek wonder heimlik of hy nog kán opgewonde raak oor iets soos 'n hygroman.

"Ja, Pa ... 'n man soos Pa, waar kry ek hom?" fluister ek en stap terug in die huis in, maak die deur amper onhoorbaar sag agter my toe. My oë soek na die boek waaruit Pa minute terug nog vir my gelees het. Ek wonder waar hy dit gebêre het...

"Soek jy na iets, Susaar?" praat Pa skielik hier agter my en ek val amper oor my eie voete van skrik.

"Ai Pa, die gesluipery moet end kry!" sê ek harder as wat ek bedoel het.

"Dis my huis dié, Susaar. Ek mag sluip as ek wil. Soek jy die boek? Hier." En Pa haal die boek, opgerol, uit sy baadjie se sak.

"Kan ek iets vra, Pa? Iets baie persoonlik. Pa hoef nie te antwoord nie, maar ek sal baie graag wil weet ... as deel van my navorsing."

"Vra, Susaar. Vra is vry."

Pa vat aan die muistepel tussen sy wenkbroue asof hy weet wat in my gedagtes aangaan. "Sit, my kind. Dan help ek jou met jou navorsing ... kry jou boek en pen..."

"Ek kan net namens myself praat, want elke mens is 'n persoon op sy eie," begin Pa toe ek oorkant hom plaasneem. "Ek kan ook vir jou sê, wag tot jy daar kom en antwoord dan jouself ... maar jy's 'n vrou ..."

Ek huiwer vir 'n oomblik en staan toe op. "Toemaar, Pa. Ek wil nie regtig weet nie. Dis soos Pa sê, elke persoon is 'n mens op sy eie."

Pa kyk my verbaas aan en gooi sy hande in die lug. "Nes jy wil, my kind. Wag tot jy daar kom ... dan sal jy weet."

Ek glimlag flou, maak die deur sag agter my toe en glip terug kamer toe. My voete stil op die houtvloer, my kop vol vrae, en my hart nog kloppend van lag en ongemak. Ek wonder of Pa weet hoe hy my steeds verras. Hoe hy, met 'n boek in sy sak vol geheimenisse, my wêreld net so effens laat kantel?

Cascada

"Baby don't you cry for me
It's an illusion, just an illusion..."

Mens doen snaakse goed as die eensaamheid begin kriewel tussen jou ribbes. Ek, Karli, moeder van drie, liefhebber van lees en stilte, besluit een aand, met 'n koppie rooibostee en 'n stukkie droë beskuit, om aan te meld op 'n aanlyn-afspraakwebwerf. My profielfoto was van agter geneem, in Namakwaland tussen die daisies. As iemand my wou ken, moes hulle my eers volg. Letterlik.

Toe kom Koen.

Hy't my dadelik uitgeken, "Jy lyk soos iemand wat weet wat sy wil hê."

Ironies, want ek het glad nie geweet nie.

Koen het 'n kalm stem, blink oë, en die gawe om elke sin te begin met: "Om eerlik te wees..." wat gewoonlik beteken daar's 'n leuen wat wag.

Ons ontmoet vir koffie. Hy's oulik – jeans wat pas, tande wat regstaan, en stories wat rol. Ek hoor van sy egskeiding (amper finaal), sy kinders (weet nog niks), sy eks (kom nog goed haal) en sy hart ("oop, maar versigtig"). Dis 'n hele toneelstuk in drie bedrywe.

Ek besluit op my reëls. Geen soetigheid sonder sielsverbinding nie. Hy slaap oor, ja, maar op die rusbank. Ek bak pannekoek en hou die Bybel naby.

Maar Koen is 'n tipiese stroomversnelling, 'n plek in 'n rivier waar die water vinnig vloei, dikwels met gevaarlike rotse en onstuimige strome. Dit is 'n hidrologiese verskynsel waar 'n rivier versnel as gevolg van 'n daling in hoogte of obstruksies soos rotse... Hy hou nie van wag nie. Hy hou nie van 'nee' nie. Hy vra, dring aan, fluister, koop. My lewe voel skielik soos 'n Groupon-speletjie: kry 'n mini-vakansie, 'n nuwe bloes, 'n kompliment wat ruik na skuld. En ek sê dankie, maar ek slaap steeds in my eie bed. Selfs al sit hy soggens koffie op my bedkassie, sonder om ooit te gevra het hoe ek myne drink.

Elke keer as ek hom blok, leen hy iemand anders se foon. Ek antwoord per ongeluk een aand. "Kan ek glo jy antwoord?" vra hy, asof ek uit die dood opgestaan het.

Ek vra vir wysheid. "Here," bid ek, "ek weet nie of Koen 'n seën, of 'n toets is nie, maar ek's moeg vir hierdie eksamen."

Ons ry een Saterdag uit na Clarens. Hy't die plek geboek. Cascada. 'n Waterval, sê hy, vir simboliek. Ek kyk na die water wat hard en helder oor klip spoel en wonder: Is dit hoe liefde moet voel? Vry, vars, onstuitbaar?

Maar met Koen voel dit nie so nie. Ek voel gekontrakteer. Ek lag minder. Ek slaap ligter. My maag draai, nie van vlinders nie, maar van alarms.

Hy nooi my saam Tshipise toe. Ek sê nee. Hy gaan alleen. Of dalk nie. Sy Instagram wys slegs die sonsondergang, nie wie dit saam kyk nie.

Later, toe hy weer bel, sê ek: "Ek's jammer ek is nie wie jy wil hê ek moet wees nie. Maar ek's ook nie wie ek was nie. En dit is goed." Ek dink nie hy verstaan nie. Dis oukei.

Ek los vir hom 'n groet teen die watervalmuur; iets kleins, iets ligs. 'n Kierangrappie en 'n smiley.

Dis hoe my genesing begin het: met 'n grap wat niks verwag nie, 'n gebed wat alles hoop, en 'n grens wat sê tot hier en nie verder nie.

Ek loop alleen op 'n grondpaadjie naby my huis. Die son sak agter die bloekombome; lig val in strepies oor die grond, soos 'n ou filmrol. My tekkies kraak op die klippies. Ek's in 'n sweetpak en sonder grimering, net ek, reguit uit my lewe.

Ek hou stil by 'n ou hek. Roes aan die kant, maar steeds in werkende toestand. Dit voel reg. Ek maak dit oop, stadig. Die skarniere kreun soos iemand wat lank geswyg het.

Ek stap in. Die paadjie loop liggies na regs, weg van die hoofpad, deur 'n ry wilde aalwyne en 'n bos rankrose wat sonder toestemming blom.

My selfoon lui.

Koen.

Ek kyk na die skerm. Vir 'n oomblik voel ek daardie ou aarseling – die miskien. Dan druk ek delete. Nie net die oproep nie, maar die hele kontak. Weg. Klaar. Ek sit die foon in my rugsak.

Ek trek my tekkies uit, knoop dit aan mekaar en hang dit oor my skouer. Die grond is koel en krummelrig onder my voete. Ek voel elke klippie, elke takkie, maar dit maak my wakker, teenwoordig.

'n Skoenlapper vlieg oor die paadjie. Oranje en wit, met ragfyn vlerke wat bewe soos 'n stilte wat praat. Ek volg haar met my oë tot sy verdwyn agter 'n ou doringboom.

Ek stap verder. Nie vinnig nie. Nie weg nie. Net vorentoe.

"Here ... dankie vir hierdie pad. Hou net my hand vas. Dis al."

Claudia Procula

Ek het nie sy naam geken nie. Net sy oë.
Ek het hom nie aangeraak nie. Net sy pyn gevoel.
En toe ek wakker word, was ek nog in die droom, en ek het geweet: ek moes iets sê.

Ek was Pilatus se vrou. Niemand weet my naam nie. Dis nie vreemd nie, vroue van Romeinse goewerneurs word nie onthou vir hul drome nie. Maar die droom het my onthou.

Die nag voordat my man die beslissing sou maak, het ek nie goed geslaap nie. Ek het gesien hoe bloed op marmer drup, nie van oorlog nie, maar van onskuld. Ek het gesien hoe skares gil sonder rede, hoe 'n man niks sê nie terwyl hy verhoor word. En toe hy my aankyk, in die droom, het ek my eie stem gehoor: "Moenie met daardie regverdige man inmeng nie."

Ek het opgestaan. Ek het nie gewag nie. Ek het 'n dienaar gestuur met die boodskap. Die hele Romeinse wêreld is op besluite en bevele gebou.

Hierdie een sin, uit die mond van 'n vrou, was al wat ek gehad het.

En tog het ek geweet dit sou nie genoeg wees nie.

My man het nie gekyk toe ek ingekom het nie. Hy het voor die skare gestaan. Hy't sy hande gewas. Simbolies, ja. Maar water was nog nooit genoeg om skuld weg te was nie.

En toe het hulle geskreeu: "Kruisig hom!"

Ek het langs die pilaar bly staan. Nie in die pad nie. Net daar. Teenwoordig.

Hy het geweet van my droom. Maar in sy oë was ek net sy vrou. 'n Vrou met drome. 'n Vrou sonder invloed. 'n Vrou in wit geklee.

Ek het gehoop hy sou luister. Hy het nie.

Toe die soldate die hout sleep en die klippe begin warm raak onder hul voete, het ek my hande teen my hart gedruk en gedink: Wie is Hy?

Want Hy't niks gesê nie. Hy het Homself nie verdedig nie. Nie voor Pilatus nie. Nie voor die volk nie. Hy het my net aangekyk in my droom, nie met oordeel nie, maar met wete.

Ek het later gehoor hulle sê Hy het opgestaan. Ek het nie gaan kyk nie. Nie omdat ek nie geglo het nie, maar omdat ek geweet het my tyd vir praat was vóór die kruis. Ná die kruis ... was net stilte.

Maar ek dra dit steeds in my.

Ek het nie sy naam geken nie. Maar ek het geweet Hy is regverdig. Ek het nie sy stem gehoor nie. Maar ek het geweet Hy is waarheid.

Ek het niks verander nie. Maar ek het probeer.

En soms ... is probeer genoeg.

Hierdie fiktiewe stem van Pilatus se vrou herinner ons: partymaal is een sin genoeg om te wys wie se kant jy kies, al verander dit nie die uitkoms nie. Haar stilte daarna is nie apaties nie, maar rou. En haar teenwoordigheid, soos soveel vroue deur die eeue, was haar manier van getuig.

14

Delicious, nie dikkerig

'n Storie oor rolletjies, warm gloede en vriendskap met 'n *aftertaste* van tee en waarheid.

'n Storie vir elke vrou wat al haar broek oopgeknoop het ná ete en gesê het: "Dis nie oorgewig nie. Dis oorvol."

Ek wil julle graag voorstel aan my vier vriendinne. My 'deur dik en dun' vriendinne...

- Shireen – die entoesiastiese een, altyd op 'n nuwe dieet of pilletjie.
- Bettie – 'n logopedis met 'n liefde vir sjokolade en sagte goeters.
- Frieda – kunstig, eksentriek, dra altyd 'n serp en praat in metafore.
- Toeks – rasioneel, lees elke etiket en hou van Pilates, maar meer van pastei.

Ek is nou al twintig jaar dieselfde gewig. Nie op of af nie. Ek dra dieselfde jeans, dieselfde frustrasie, dieselfde glimlag. Elke jaar print ek 'n nuwe boekie oor kalorieë, en teen Februarie bêre ek dit langs die navyblou waterbottel, waarop daar geskryf staan: *His grace is enough*, wat ek ook gereeld vergeet.

Ek is nie dik nie, maar ook nie skraal nie. Mollig, nie vet nie, maar ek voel dit. Soms. Veral wanneer die wêreld sê ek moet verander, maar my lyf sê ek's genoeg. Hierdie storie is nie net oor my nie. Dis oor ons. Die 'tusseninvroue'. Die wat nie voor-en-na foto's kan of wil neem nie.

Die wat dans met tee en waarhede, en lag met 'n ronde magie wat skud ... partykeer.

Hulle is my denkbeeldige tribe. Of dalk regtig? Want in elkeen van hulle is 'n deel van my: Frieda se flair; Toeks se logika; Bettie se sagtheid; Shireen se vuur. Hierdie is húlle storie. Maar ek skryf dit – vir jou ... en vir myself.

Shireen sit op haar stoepstoel met 'n kombers oor haar knieë en 'n nat gesig van die jongste warm gloed wat weer sonder waarskuwing deur haar lyf kom bars het. Sy vee haar bolip af met die agterkant van haar hand en sug hardop.

"Ek is nie vet nie. Ek is... delicious," fluister sy vir niemand in die besonder nie. "Nie obese nie, net sag genoeg om aan te vat."

Sy voel hoe haar arms teen die kante van die stoel druk. Dit was nie altyd so nie. Daar was 'n tyd toe sy, sonder om te dink, in 'n denim van Truworths gespring het sonder dat haar maag 'n voorafvergadering moes hou met haar ritssluiter. Toe het haar bene nie teenmekaar geskuur as sy geloop het nie. Toe het sy nie nagmerries gekry van weegskale wat gil nie.

Die eerste Vrydagoggend van die maand is hulle vier weer saam in Bettie se kombuis. Dis hul veilige plek. Vier vriendinne met vier verskillende soorte moeg. Nie net fisies nie, maar moeg vir die wêreld wat vrouelywe elke dekade opnuut knyp en takseer.

"Ek het gisteraand vir Bennie gevra of hy dink ek is dik," sê Frieda, terwyl sy 'n appel skil met die presisie van iemand wat al vir baie jare mense se gesigte in pastelle teken. "Hy't gesê ek is 'vol lewe'. Wat dink julle beteken dit?"

"Toemaar," sê Toeks. "Myne het gevra of ek nie maar net 'n trui kan aantrek nie toe ek in my naghemp verby die TV geloop het. Ek het gedink hy flirt, toe is dit 'n sarkastiese versoek."

"Dis nie net die vet nie," sê Bettie, en haar stem is sag, amper skuldig. "Dis die gevoel dat jou lyf jou verraai. Ek het mos nie verander nie, maar kyk nou hier," en sy wys na haar maag.

Shireen pluk haar notaboek nader. Sy begin met kleurpenne skryf: *Die EstroGenia Plan*. "Ons het lank genoeg gewag vir ander om vir ons planne te gee, die regte planne. Nou maak ons ons eie. EstroGenia. Dis nie net 'n produk nie, dis 'n projek. Ons gaan die wêreld wys jy kan in jou oorgang wees, en nog steeds … oor gaan in glans!"

Drie weke later is Shireen se kombuis omskep in 'n mengel-moes laboratorium van alle soorte. Daar's glase vol rooibostee, stukke gemmer, kaneelstokkies, pepermentblare, suurlemoen-skil, en iets wat ruik soos 'hoop' in vloeibare vorm. Fantasties!

Bettie ontwerp die etikette: EstroGenia – Saggies, sag en sensasioneel.

Frieda is besig met bemarking: TikTok video's van haar wat meditatief, dit behels geestelike stilte en konsentrasie, tee roer en *"Embrace your curve, darling,"* prewel, met haar serp wat dramaties wapper (danksy 'n klein waaier op die tafel).

Toeks hou die eksperimentele rekord: hoeveel kilo's verloor; hoeveel keer sweet; hoeveel keer gevoel om te huil ná 'n kroekery.

Nie maerder nie, maar ... meer.

Teen maand twee verskil die resultate ... ietwat. Shireen het 800g verloor en 8 dae aanhoudend gekla oor haar spysverteringstelsel wat buite werking is.

Bettie het glad nie gewig verloor nie, maar haar man het begin vra watter sjampoe sy gebruik. Haar hare blink glo nou mooi.

Frieda het ook niks verloor nie, maar verkoop nou EstroGenia-kunskaarte aan haar familie in Amerika.

En Toeks? Toeks het haar jeans van 2018 aangepas. Nie toegemaak nie. Net aangepas.

Maar daar's iets anders wat verander het.

Die manier waarop hulle na hulself in die spieël kyk. Die manier waarop hulle weer met entoesiasme oor oefen en die parkrun praat. Die manier waarop Bettie weer begin lag as sy vir haarself 'n tweede stukkie koek sny.

Soos tee – stadig getrek, en stadig ontdek.

"Ek dink ons was nooit die probleem nie," sê Shireen een middag toe almal op kombersies in haar tuin lê, elkeen met 'n glas kruietee en rooi wange.

"Toemaar, ek het gedink ek was vet in 2003. Ek sal daardie lyf nou op 'n kalender se voorblad sit," lag Toeks.

Frieda leun vorentoe. "Miskien is ons nie op pad om minder te word nie, julle. Maar meer – meer gemaklik, meer sonder skuldgevoelens, meer ... delicious."

Toe hulle hul laaste bondel EstroGenia-tee aan 'n groep jonger vroue by die Oesfeesmark verkoop, hou Shireen 'n toespraak.

"Ons het nie skielik dunner of maerder geword nie. Maar ons het weer begin regop staan. Partymaal verloor jy nie vet nie – jy verloor jou skaam wees. En dis dalk die beste vetverbrander van almal."

Die applous was warm, en daar was nie 'n droë oog of 'n stywe broek in sig nie.

Ek sit weer voor die spieël. Selfde lyf. Selfde jeans. Maar nou sien ek iets anders. Ek sien Frieda wat haar serp in die wind laat wapper. Ek hoor Bettie lag met haar mond vol koek. Ek voel Toeks se pragmatiese rus. Sy fokus op wat haalbaar is eerder as teoretiese ideale.

En ek sien Shireen – regop, met rooibostee in haar hand en trots in haar stem.

Hulle het my nie verander nie. Hulle het my herinner dat ek geleef het ... en steeds doen.

Delicious. Nie dik nie.

Kerkbank Vroue

Hierdie storie eer die duisende vroue wat stilweg kerke dra – met gebede, sop, trane, warm hande en teenwoordigheid. Hulle wat nie beroemd is nie. Wat nie gesoek of gevra word vir hul opinies nie. Maar wie se geloof, soos asem, alles deurdring.

Die Vrou in Ry Drie:

Niemand het haar ooit aangekondig nie. Nie op die program nie, ook nie van die preekstoel af nie. Maar elke Sondag, presies sewe minute voor nege, sit sy daar. Ry drie. Aan die regterkant. Selfs as dit reën. Selfs as haar heup pyn. Selfs al weet niemand dat haar man twaalf jaar gelede by die agterdeur uitgestap het nie.

Haar naam is Lena. Of net 'Tannie', soos die kinders sê.

Sy dra altyd 'n serp, nie omdat dit mode is nie, maar omdat dit die koue uit haar nek hou sedert die beroerte aan haar skouer begin karring het. Sy sing sag. Alt. Gewoon. Net met asem en oorgawe.

In die diens kyk sy nie veel rond nie. Sy vou haar hande wanneer ander hulle arms oplig. Sy ken die woorde sonder PowerPoint. Sy weet wanneer die orrel verkeerd intree, maar sy sê niks.

Sy's die een wat altyd 'n sakkie lekkers in haar handsak het vir iemand se kind wat huil.

Sy't 'n pen wat nie meer ink in het nie, maar sy gebruik dit elke week om iemand se naam op haar gebedslysie neer te skryf.

Toe hulle onlangs vra wie se attestate nog uitstaande is, het sy nie haar hand opgesteek nie.

Maar sy't vir die jong dominee 'n koeksister gebring die volgende Sondag, toe hy gehuil het tydens sy eerste begrafnis-preek. Sy't niks gesê nie. Net die Tupperware bakkie op sy lessenaar gelos. En 'n klein papiertjie binne: "Onthou, my kind, jy's nooit alleen nie."

Soms wonder mense hoekom sy nog elke week opdaag. Haar kinders is in Kanada. Haar huis is stil. Sy't nie veel geld nie. Haar hande bewe.

Maar sy't al gesê, vir een van die kleingoed by die Sondagskool: "Ek is nie hier omdat ek moet nie. Ek's hier omdat iemand eendag vir my gevra het om te bly toe ek wou weggaan."

En so sit sy. Elke Sondag. Nie op die verhoog nie. Nie agter die klavier nie. Maar daar, in ry drie. 'n Vrou wat nie 'n amp beklee nie, maar wie se lewe 'n liturgie is.

Haar Naam is nie Dominee nie:
Sy't nie met 'n dominee getrou nie. Sy't met hóm getrou. Johannes. Stil lag. Groot hande. Die een wat vir haar op universiteit blommetjies op eksamendae gebring en gesê het haar hart is mooier as haar notas … nie die man met die toga en die Bybel en die kerkraadsvergaderings nie.

Maar toe roep Hy. En sy't gesê, "Dan gaan ek saam."

Nie omdat sy van 'n pastorie lewe gedroom het nie. Maar omdat liefde dit so doen – dit stap saam.

In die nuwe gemeente het hulle haar 'Tannie Pastorie' begin noem.

Sy't eers gelag. Toe begin sy vergeet wat haar regte naam is.

Party dae het sy gewens iemand vra: "En wat doen jy vandag?" Nie net, "Kan jy dalk Vrydag kom help met die nagmaalvoorbereiding?" nie.

Sy't die gemeente se siekes besoek. Sy't kinders getroos by begrafnisse. Sy't gesmile tydens kerk-tee, al het sy net 'n uur geslaap omdat Fransien en Lukas erge koors gehad het.

Sy't gebid vir die susters wat haar op en af gekyk en gekritiseer het.

Sy't opgemerk wie nooit voor in die ry by die nagmaal kom nie.

En elke Sondagoggend, voordat hy preek, sit sy in die vierde bank, links van die paadjie.

Nie in die eerste nie – want dis té naby.

Nie agter nie – want dit is te vêr.

Sy weet wanneer haar man moeg is. Sy weet wanneer hy preek, en wanneer hy getuig.

Op 'n dag, ná kerk, het 'n vrou in trane na haar gekom en gesê: "Ek wil hê jy moet weet … ek sien hoe jy na hom kyk, en dan weet ek, hy's regtig. Hierdie geloof is regtig."

Daardie aand het sy op haar bed gesit, skoene nog aan, en gedink: ek het nie gepreek nie. Ek het nie op water geloop nie. Maar iemand het iets van God in my gesien. En dit is genoeg.

Sy's nie net 'die dominee se vrou' nie. Sy's 'n draer van God se nabyheid in haar gewone menswees. Sy's 'n helper, ja, maar nie as 'n skaduwee nie. Sy's 'n lig, selfs as sy nie voor staan nie.

Wegloopkind:
Ek sit nie meer daar nie.

Nie in ry vier teen die muur en mooi gekleurde ruite nie. Nie in die hoek waar ek en George altyd gelag het oor Dominee se ongekamde hare nie.

Ek het agt jaar gelede vir hom totsiens gesê. En sedertdien vir my plek ook.

Nie net van die huis af nie. Van die kerk ook. En van myself.

Ek het probeer, regtig.

Ek het opgedress en opgestaan. Ek het gesmile, my hande gevou, my kop gebuig. Maar eendag het ek besef: ek bid nie meer saam nie. Ek kyk rond en sien nie lig nie – net mense wat ander se seer bespreek asof dit nuus is.

Hulle't gesê ek moet sterk wees.

Hulle't gesê ek moet maar weer kom.

Hulle't gesê dis tyd om aan te beweeg.

Niemand het gesê: "Ek weet dit maak seer" nie.

En hoe meer ek in die kerk was, hoe minder het ek God gehoor. Of dalk … hoe minder het ek geweet of dit regtig Hý is wat praat, en nie net mense nie.

Ek't begin loop.

Letterlik. Elke Sondag. In die pad af na die veld agter die kerk.

Ek't vir Hom gesê: "As U regtig daar is, sal U my hier ook kry." En ek glo Hy het. Nie met 'n donderslag nie. Maar met stilte wat nie oordeel nie.

Ek't begin skryf.

Nie vir ander nie. Vir myself. Van my twyfel. Van my honger. Van my kwaad. En eendag het ek geskryf: "Wat as dit nie die kerk is wat ek mis nie, maar net God?"

Want weet jy … ek verlang … Nie na bybelstudies nie. Nie na die preek nie. Na Sy stem. Daardie sagtheid wat weet ek is gebroke, maar nie weg nie.

23

Ek het nie antwoorde nie.

Ek het voete wat elke dag opstaan en sê: Ek loop maar weer vandag.

En dalk is dit geloof?

Nie vroom nie. Nie netjies nie.

Maar rou.

Reguit.

Regtig.

Ek is hier, nie in die kerk nie:
Ek het my Bybel toegemaak.

Nie met woede nie. Met moegheid.

Dis nou al jare dat ek nie vra vir tekens nie. Ek het opgehou om die Psalms hardop te lees.

Die kerkbanke voel soos herinneringe aan wie ek was – nie aan wie ek nou is nie.

Ek het 'n gewone oggend gehad.

Tee gemaak. Die hond se pille uitgesit. Die plant by die venster natgegooi wat elke keer amper doodgaan, maar dan weer opskiet.

Toe, sonder rede, het ek my ou wit rok aangetrek. My kerkrok. Die een met die geborduurde kraag – die ligblou stekies wat ma met die hand uitgewerk het.

Ek het hom lanklaas gedra. Maar vandag was daar 'n klein hunkering – na iets mooi. Iets sag.

Ek gaan sit op die stoep.

Dis stil.

Net wind wat liggies oor die gras waai.

En toe gebeur dit. Nie dramaties nie. Nie hemelse musiek nie. Net 'n ligstraaltjie wat deur die sinkdak se rand breek, deur 'n spinnerak vleg, en op my hand kom rus.

Warm.

Lig.

Lewe.

Ek kyk af na my kraag. Die blou stekies vang lig vas soos klein glasies vol hoop. En ek voel 'n traan loop, maar vir die eerste keer in 'n lang tyd, is dit nie seer nie.

Dis 'n traan van herinnering. Van wéét: ek's nog hier. Ek leef nog. En Hy't my nie verlaat nie.

Nie alles is reg nie.

Nie alles is vergewe nie.

Maar hierdie oomblik is heilig. En dit is genoeg.

Ek glimlag.

Nie vir iemand nie.

Vir myself.

Vir Hom.

Soms is lig nie 'n antwoord nie. Dis net 'n hand op jou siel wat sê: "Ek is hier ..."

Vierde van Voor:

Ons sit elke Sondag presies op die vierde bank van voor. Nie in die eerste ry nie – dit sou te entoesiasties lyk. Nie in die tweede ry nie – dis vir die kerkraad en mense wat die kollekte insamel, of dit was altyd? Nie die derde ry nie – dis gewoonlik leeg, want niemand wil so skuldig voor God se aangesig sit nie.

Maar vierde? Vierde is perfék.

Dis die VIP-bank vir ons, ek en my vriendin, wat alles wil sien sonder om gesien te word.

Behalwe, natuurlik, dat niemand OOIT voor ons sit nie. So alles wat gebeur, gebeur agter ons.

Ons posisie is strategies.

Van die vierde bank af, kan jy agtertoe kyk sonder 'n skuldgevoel, as jy net jou Bybel so effe laat val; 'n kind dophou wat voor die kinderkerk-uitgang huiwer en dan terugdraai vir nog 'n koekie; die tannie agter jou se parfuum ruik, al gee dit jou sinusse 'n skop. (Chanel No. 5 of 'n tuisgemaakte kruie onkruiddoder.) Dinge wat mens hoor op die 4de bank van voor is onder andere sweetspapiere wat kreukel. Nie eenmalig nie. Nee, dit begin so: krrrrr... stil... krrrrrrr... en dan net as die dominee sy stem duidelik laat hoor vir die klimaks: KRRRRAAA!

Ek weet wie dit is.

Ouma Van Rooyen met haar suikervrye toffies. Sy deel dit uit soos sakramente agter uit haar handsak.

Nog iets wat mens hoor, is 'n baba se gil van buite af. Want die kinders gaan mos kinderkerk toe. Net die allerkleinste babas mag inbly – en hulle sê altyd hul sê net so voor die 'Amen'.

Die Skuif...

Elke nou en dan hoor jy iemand agter jou sê: "Skuif bietjie in, Hettie, jy sit amper op my beursie!"

En dan die volwasse kat-geveg in fluisterstemme. "Ek sit elke week HIER, Elize."; "Dan moes jy vroeër gekom het."

Die kollekte-koördinasie is amper die beste... "Het jy kontant?"; "Ek het net kaart."; "O, wag, gee vir my daai vyf rand, dan gee ek later vir jou tien terug."

Hoekom sit ons altyd daar?

Want dis naby genoeg aan die kansel dat jy voel jy moet oplet, maar ver genoeg dat jy alles kan sien wat werklik interessant is, soos die dominee se kinders wat mekaar uitdaag om nie te giggel nie; die jongman wat elke Sondag by 'n ander meisie sit; die oom wat altyd op dieselfde plek sit en vir iemand plek hou ... wat nooit kom nie.

Slotgedagte: Ek het al gewonder hoe dinge daar heel agter is. Maar, toe ons een Sondag laat was en agter moes sit, het ek dit gehaat.

Jy voel uitgesluit, verwyderd ... en jy hoor glad nie die lekkergoedpapiere nie.

Nee wat.

Vierde van voor is waar die lewe gebeur.

En ek het 'n strategie vir volgende Sondag. Ek gaan my eie sweets saambring.

Met gladde papiertjies.

Die Tannie met die verkleurmannetjie-oë:
Niemand weet regtig hoe oud sy is nie. Of wanneer sy die eerste keer by die kerk opgedaag het nie. Dit voel net of sy nog altyd daar was ... so vas soos die banke self, maar sagter as die kussings waarop mens sit.

Elke Sondag neem sy haar plek in op die derde bank van voor, reg onder die venster waar die oggendson nesskrop teen die gekleurde glas.

Sy sit regop, hande gevou in haar skoot, en haar oë, o daardie oë, beweeg stadig oor die gemeente. Nie om te oordeel nie. Nie eers uit nuuskierigheid nie. Net vir kennisname. Om te weet. Soos iemand wat die argiewe van lewenslange stil gebede in haar saamdra.

Haar naam is Tannie Koekie, maar die kinders noem haar, met die respek wat hulle nie heeltemal verstaan nie, die Tannie met die verkleurmannetjie-oë.

Sy onthou alles.

Sy onthou toe jou ma een Sondag die kerk ingestrompel het, oë rooi, serp skeef. Sy't niks gevra nie.

Net stil na haar toe gestap met 'n sakdoek en 'n hand op haar skouer.

Sy onthou toe die Juffrou van die Graad 3-klas skielik 'n verloofring begin dra het. En toe 'n jaar later sonder 'n woord, begin sukkel het om haar Bybel oop te maak sonder dat haar hand bewe.

Sy't gesien toe daardie een seun, die een met die dowwe oë en lang hare, week ná week agtertoe begin skuif het. En toe heeltemal weggebly het. En sy't nooit opgehou bid nie.

Tannie Koekie sê nie veel nie. Haar stem is sag en kraak effens, soos ou papier. Maar as sy groet, voel dit of iemand werklik *weet* wie jy is. Nie net jou naam nie, maar ook die dinge wat nie gesê word nie. Die vrae wat jy nie in die kollektebord kan of mag sit nie.

Die jonger vroue hou haar dop, al sal hulle dit nie erken nie. Hulle probeer raai wat sy dink as sy stil voor haar uitstaar tydens die lofsang. Hulle wonder of sy ook twyfel in haar hart gehad het toe haar kinders jonk was, of sy ooit alleen gevoel het op 'n Maandag. Maar sy vertel dit nie. Sy's nie daar om gesien te word nie. Sy's daar om te sien.

Op 'n keer, toe die nuwe predikant na die diens bedremmeld in die saal rondgestaan het; sy eerste preek, woorde 'n bietjie afgewater en hakkelrig, hande onrustig, het sy na hom toe geloop en gesê: "Die Here werk ook deur stotterende profete."

Toe't sy geloop, met haar handsak onder die arm, en skoene wat amper nie 'n geluid op die mat gemaak het nie.

Wanneer iemand weg is, is sy die eerste wat dit opmerk. En die eerste om te weet hoekom, sonder dat iemand hoef te praat.

Wanneer 'n baba huil tydens die doop, glimlag sy. Wanneer iemand nie huil nie, kyk sy langer, afwagtend. Sy het haar eie verdriet geken, al praat sy nie daaroor nie. Haar man is jare terug begrawe, haar kinders versprei oor die aarde soos saad in die wind. Maar elke Sondag is sy hier, en elke Sondag sien sy wie nie in die kerk is nie.

Een oggend, ná 'n bitter koue week, was haar plek leeg. Die blompot het skeef gestaan, en die son het op die bank sonder 'n koepel van geheue geskyn.

Die dominee het gesluk voor hy gepreek het.

Mense het geknik toe hy haar naam noem. En toe stil geword.

Maar later, baie later, het iemand begin onthou: Sy het gesê dis belangrik dat kinders leer om stil te wees, maar nie om stil te *bly* nie.

Sy het gesê die Here onthou elkeen, selfs dié wat vergeet wil word. Sy het altyd ekstra lekkers in haar handsak gehad, al het sy dit nooit self geëet nie.

En daar, op die derde bank van voor, onder die venster waar die oggendson altyd inskyn, het iemand anders daardie Sondag kom sit. 'n Jong vrou met 'n baba-sak oor haar skouer en trane wat sy nie probeer wegvee het nie.

En toe, so seker soos 'n amen ná 'n lofsang, het iemand agter haar gefluister: "Welkom terug."

Want selfs al het sy gegaan, het haar oë agtergebly.

Buite die Moederskamer:
Ek sit vierde bank van voor. Heel moontlik die plek in die kerk waar ek die maklikste gesien en gehoor kan word.

Reg voor die dominee se regteroog, net effens skuins agter die orrelspeler met die 'beehive' hare.

En langs my? 'n Driejarige tornado.

My seun.

My vreugde.

My vernedering.

Ek het wéér nie in die moederskamer gaan sit nie. Jy hoor niks daar nie. Net 'n gedempte bromtoon, klanke wat soos visse se monde in 'n akwarium beweeg. En dis nie vir myself wat ek kerk toe kom nie, dis vir die Woord. Ek honger daarna. Ek dors daarna.

Maar ongelukkig dors klein Liam ook — na eierkoek, 'n papperige rosyntjie, en elke nou en dan 'n vinnige sluk van my waterbottel wat altyd op die presies verkeerde tyd 'n klokkende geluid maak soos iemand wat snork.

En dan ... sy vrae. Hardop.

"Hoekom huil die tannie agter ons?"

"Mag ek haar weg blaas met my strooitjie?"

"Wanneer sing ons weer 'Jesus is my Superheld'?"

Die gemeente draai hulle koppe. Die dominee hyg tussen sy punte. Ek bloos in HD.

Iemand lag onderlangs, en iemand anders sug soos net 'n Presbiteriaanse ouma kan doen, met die gewig van veertig jare se Bybelstudie.

En ek wonder ... Is ek sonder respek? Is dit selfsugtig? Moet ek eerder tuis bly en die preek aanlyn kyk met oorfone in en 'n kind wat heeltyd vra: "Wat kyk jy, mamma?"

Maar dan sien ek dit. Die ou tannie oorkant die gang glimlag. Sy knik. Dis nie afkeur nie. Dis onthou. En dalk ... dalk is dit nie net ek wat die Woord hoor nie.

Dalk hoor Liam ook iets. Tussen die krummels, tussen die klank van 'n potlood wat val, tussen die lawaai. En dalk, net dalk, moet ek hier wees. Nie om gesien te word nie. Nie eers om te hóór nie. Maar om teenwoordig te wees. Om aan te hou kom. Om te wys dat ouerskap en aanbidding nie altyd stil is nie. Maar wel heilig.

Toe die diens verby is en ek na my skoene onder die bank soek, tussen piesangskille, rosyntjies en 'n geskeurde opskrif van die week se *Kerkbode*, raak 'n hand liggies aan my elmboog.

Dis die ou tannie met die knik. "Jong moeder," sê sy sag, "ek het jare lank net die kerk se matte geken, ek het hulle met my kind se kruipspoor ingekleur. Maar nou bid daardie kind vir my oor die telefoon, elke aand."

Sy glimlag.

En ek weet, ek sal volgende Sondag weer hier wees. Nie vir die stilte nie. Nie vir die skyn nie.

Maar vir die genade.

En die geloof dat selfs tussen rosyntjies en 'n geraas daar iets van God se Woord êrens in goeie grond sal val.

Gebed van 'n Stil Vrou

Here, ek weet nie wat om te sê nie.
Ek weet net ek's moeg.
Moeg vir voorgee.
Moeg vir alleen wees.
Moeg vir vrae sonder antwoorde.

Ek weet U sien my...
Maar soms wens ek, ek kon U hoor.
Nie in die geraas nie.
Nie in mense se menings nie.

Maar net U.
Net U stem.
Net 'n fluistering wat sê: "Ek's nog hier."

Ek weet ek het foute.
Ek het seergemaak én seergekry.
Maar ek's nog hier, Here.
My voete loop stadig.
My geloof is nie sterk nie.
Maar ek's nog hier.

As U my nog wil hê...
As daar nog plek vir my is –
nie net in 'n kerk nie,
maar in U hart –
wys my dan net 'n klein liggie.
Net 'n teken.
Net Iets.

Ek sal wag.
Nie soos iemand wat hoop op 'n fees nie,
maar soos iemand wat dors is vir water.

En as ek stil is –
moenie wegdraai nie.
Bly net hier.
Net vir vandag.
Net vir nou.
Amen.

Die een wat ek gesoen het
'n Verhaal van geboorte, verraad en onuitspreeklike liefde

Simon was 'n afstammeling van Issaskar, die negende seun van Jakob. Sy bloed het diep geanker gelê in die stof van die Beloofde Land, tussen olyfbome en koringlande waar sy stam uiteindelik gehuisves het. Daar, in die lanings van Jerusalem, het ek met hom getrou. Die son het daardie dag soos goud op die klippe geval, en alles het gelyk soos voorspoed.

Maar op die eerste nag van ons huwelik het ek 'n droom gehad. Nee, nie 'n droom nie. 'n Nagmerrie!

Ek het gesien hoe my liggaam 'n seun voortbring. Maar nie 'n kind van lig nie; een van donkerte.

In die droom het hy sy vader met yster oë gekwel en hom doodgeslaan. Hy het my, sy moeder, aangeraak met die wellus van 'n vreemdeling. En later, sonder trane of spyt, het hy sy God, die Prins van Vrede, verkoop vir dertig stukke silwer.

Ek het wakker geword – nat van sweet, asemloos, met 'n gil wat aan my keel gehaak het. Ek het na Simon gedraai, sy oë in die dowwe lamplig gesoek. Ek kon nie wag om hom te vertel nie.

Ons het die oggend stil gesit. Hy het sy hand op myne gelê, maar ons albei het geweet iets onheilig het in my skoot posgevat.

Wat doen jy as jou kind bestem is om 'n monster te wees? Wie wil 'n verraaier baar? Wie wil hom grootmaak?

Ek het probeer bid. Ek het gevas. Ek het gewag dat die droom sou verdwyn soos mis teen die oggendson, maar dit het nie. Dit het gegroei, soos die kind in my. Toe my liggaam begin verander, het ek los klere begin dra. Ek het opgestaan voor die res van die huis, gewerk met gebuigde rug en my hande altyd besig gehou. Ek het nie eers my eie moeder vertel nie.

Simon en ek het in fluisteringe met mekaar gepraat, net wanneer die wind hard genoeg gewaai het om ons vrees te dra. Ons het mekaar belowe: ons sal die kind nie laat doodmaak nie. Al is daar 'n vloek oor hom. 'n Moeder maak nie dood nie. Nie haar eersgeborene nie. Nie enige van haar kinders nie.

Toe hy gebore is, het ek gehuil. Nie van pyn nie. Nie van blydskap nie. Van verwarring. Van verlies nog voor ek iets besit het.

Ons het lank gewag.

Toe het Simon die kis gemaak. Klein en lig, net groot genoeg vir 'n kind en 'n stukkie lap. Ek het hom self in die lap toegedraai. Ek het vir hom 'n naam gefluister wat niemand sou hoor nie.

Ons het hom in die bootjie neergelê, en met ons vier hande het ons hom op die water laat sak – die see wat geen moeder is nie, geen vader, geen huis.

Ek het my arms teen my bors vasgedruk toe ons hom sien dryf, kleiner en kleiner, tot net 'n vlek teen die horison.

Daardie nag het ek nie geslaap nie. Ek het geweet wat ek gedoen het. En ek het geweet hoekom Jesus vir Judas gekies het. Dit moes so wees, sodat die Skrifte vervul kon word. Maar wie vervul die Skrifte op die rug van sy eie kind?

Die bootjie het uitgespoel op 'n eiland suid van Jerusalem, 'n afgesonderde plek wat hulle Iskariot noem – tussen rots en wind en wilde plante wat nie mak gemaak kon word nie.

Die Koningin van Kerioth, kinderloos en yl van hoop, het hom op die strand gevind. Sy het sy oë gesien – oud soos stof – en sonder om vrae te vra, hom aan haar bors geneem. Sy het hom 'n naam gegee wat hy nie gekies het nie, 'n huis gegee wat nie aan hom behoort het nie.

Hy het grootgeword tussen rykdom en stilte. Die hof het hom leer buig, leer veg, leer swyg. Maar iets in hom het altyd vreemd gevoel, asof sy siel in sy lyf vasklou soos 'n besoeker wat nie welkom is nie.

En toe, op 'n dag sonder wind, het die waarheid soos 'n spyker in hom ingesink: dat hy nie aan haar behoort het nie, dat sy ma hom in 'n kis op die see gestuur het, dat sy vader dood was.

Hy het gevlug, ontheilig en verward, en Judea binne geglip soos 'n skaduwee. Pontius Pilatus het hom in diens geneem as 'n persoonlike dienaar.

Daar het die drome begin terugkeer, maar dié keer was dit sy eie. Bloed, begeerte, silwer.

In Pilatus se paleis het hy geleer van mag, en in sy drome het hy weer en weer gesien hoe 'n man van lig neerval onder 'n soen.

Hy het gehoor van die profeet van Galilea, die een wat sondes kon vergewe. En vir 'n kort tyd het iets in hom hoop begin kweek. Toe Jesus hom aanvaar, as een van twaalf, het hy gevoel asof die wêreld dalk nie net donker is nie.

Maar die vlam in hom het nie lank gebrand nie. Gierigheid het soos slym oor sy hart gespoel. Hy wou meer hê, nie net geld nie, maar betekenis. Hy wou God dwing om Homself te openbaar.

En so het hy, met 'n beursie vol silwer, gestap na die tuin waar hy geweet het Jesus sou wees.

Hy het Hom verraai met 'n soen.

Hy het Sy verraderlike soen nie afgeweer nie. Hy het toegelaat dat Sy gesig, heilig en stil, deur die lippe van 'n verraaier aangeraak word. En Hy het hom 'vriend' genoem.

"Ek het jou altyd as my vriend behandel," het Hy bedoel. "Waarom kom jy dan nou aan die hoof van my vyande en verraai My met 'n soen?"

Ek het nooit weer sy gesig gesien nie. Maar ek het gehoor van die soen. Ek het gehoor van die silwer. Ek het gehoor hoe sy liggaam gehang het aan 'n boom – nie die boom van kennis nie, nie van lewe nie, maar van skuld.

En soms, in die nag, hoor ek iets op die wind: die klots van water teen hout, 'n kind se asem in slaap, 'n naam wat ek nooit hardop sê nie.

Ek weet nou jy kan 'n kind wegstuur, maar jy kan hom nie uit jou bloed sny nie.

Wanneer mense oor Judas praat, fluister hulle soos ek destyds gefluister het. Maar ek het hom eers liefgehad. Ek het hom gebaar. Ek het hom probeer red.

En dalk, net dalk, het God hom ook liefgehad. Want Hy het hom 'vriend' genoem.

Tot op die einde...

Die Onverwagte Brief

Die horlosie voor my bed wys dat dit twee minute oor twee is. Iets het my wakker gemaak ...

Daar is dit weer. Iemand klop hard en dringend...

Ek sit regop, my hart klop vinniger as gewoonlik. 'n Mens raak nooit gewoond aan daardie soort klop nie. Dis die klop van sorge. Of van iemand wat weet jy slaap alleen. Ek frons en vryf oor my oë wat weier om te fokus. Ek gooi my japon oor my skouers en loop op my tone deur toe. My voet gly toe ek op iets wat soos 'n stuk papier voel, trap, sukkel om my balans te hou. Op my knieë loer ek versigtig deur die blinder langs die deur net om te sien hoe 'n groot donker figuur om die hoek van buurman se garage verdwyn.

Ek wag 'n rukkie voordat ek die lig aanskakel; luister na die nagstilte — grafstil...

Voor my op die grond lê die oorsaak dat ek amper geval het. 'n Papier waarop daar in groot swart letters geskryf is, JY WEET WAT JY MOET DOEN.

"Bertha..!" 'n Benoude roep van my buurman af. "Is alles reg daar? Ek het iemand hoor klop."

"Alles reg, dankie," antwoord ek met 'n geoefende sterk stem, skakel die lig af en hardloop terug kamer toe. Tog nie nou lus vir 'n gesprek met my buurman nie ... ook nie tyd nie!

Ek maak die hangkasdeur oop en trek die klere, in 'n netjiese hopie op die onderste rak gepak, aan. Ek hang die kopliggie om my nek en haal die 'onthoulys' wat teen die binnekant van die deur geplak is, af.

Foon, water, houer met kosvoorraad, noodhulptas, warm klere en slaapsak, genoeg brandstof in voertuig... Ek oefen al vir weke lank aan die ritueel. Nou net vinnig alles in die voertuig kry. Vier minute en ses sekondes later ry ek by die hek van die kompleks uit.

"Jou beste tyd," sê ek trots hardop vir myself, maar ek voel hoe die trane in my oë opdam. "Nie nou tyd om trane met tuite te huil nie, suster, jy moet fokus!" Ek hoor die amperse histerie in my stem en trap die petrol pedaal dieper in.

"Vader, laat U wil geskied ..." bid ek hardop.

Ek ken die roete uit my kop uit. By die T-aansluiting links, dan dadelik regs. Ry sewe kilometer en draai links op die grondpad. Dit is vyftien kilometer tot by die Mirage wildkamp. Daar sal die reddingspan almal herorganiseer na hul verskillende skuilings.

Die wildkamp is verlate. Oral om my is dit donker en onheilspellend stil. Nêrens 'n voertuig of enige teken van lewe nie... Sweet slaan oor my hele lyf uit en my hart klop 'n 'marathon des sables.' Net 'n weerkaatser wat aan die heining klap in die wind. Ek sit en staar. My hele lyf is klam van die sweet. My hart jaag soos 'n drom op oorlogspad. Ek kyk op na die hemel, maar selfs die sterre lyk onseker.

Ek gryp na my foon. Die skerm se liggie gaan aan. Geen boodskappe. Geen oproepe. Geen sein...

Was dit dan 'n toets? 'n Grap? Of erger: het ek iets gemis? Het ek alleen gevlug vir iets wat nooit vir my bedoel was nie?

Ek hoor al die kinders, *"Ma, dis alles fopnuus. Daai groepe op Telegram is vol paranoia. Kanselleer dit.";* *"Ma, kom nou. Dis nie meer die ou dae nie."*

38

Maar daardie brief, daardie brief was eg. Ek het dit gevoel. Die papier was in my hand.

En tog, iets pla my...

Waarom sou so 'n gesofistikeerde organisasie 'n brief los? Waarom nie die kodewoord gebruik soos gewoonlik nie?

Ek ry stadig terug huis toe; net betyds om te sien hoe buurman sy voertuig se kattebak toeslaan en met skreeuende bande wegry ... loeiende sirenes nou duidelik hoorbaar.

Buurman smokkel met diamante, sê die inwoners van die kompleks wat nou almal in hul japonne rond staan. Die speurders is op pad. Iemand het hom kom waarsku, maar dit was te laat.

Die brief was vir buurman bedoel.

Ek skaam my klein oor my halsoorkop-optrede en klim met klere en al terug in my bed.

Die nag is nog jonk, maar my drome is oorvol.

Ek lê en staar na die plafon. Die stilte is terug, maar dit bring geen troos nie.

Febe Jigge

"Môre, Mevgou."

Ek ruk soos ek skrik. 'n Kind se stem klink skielik by my motorvenster. My geoefende oë fynkam onmiddellik die omgewing vir moontlike gevaar. Waar het hierdie klein mensie so skielik vandaan gekom? Voor ek iets kan sê, praat sy weer: "Ek is Febe van die Namib, Mevgou."

"Môre, Febe," antwoord ek en kyk haar op en af. 'n Klein, kort, maer lyfie met 'n bos ligte- of is dit rooierige? kroeshare wat ek dankbaar is nie aan my kop groei nie. 'n Rokkie, of dalk 'n hempie, bedek net-net wat dit moet. Twee mooi gevormde beentjies steek onder uit.

"Waar's jou mense as jy so alleen hier ronddwaal, Febe? Dis mos gevaarlik?" vra ek.

Sy frons. "Wat se mense? Ek sê dan ek, ek, kom van die Namib. Ek is allenig, Mevgou."

Ek kyk weer om my en druk ongemerk die deur-vergrendeling met my elmboog af.

Febe gee 'n tree nader, druk haar sproetneusie plat teen die half-oop venster, staan op haar tone en loer na binne. Twee van die mooiste blou oë kyk my verbaas aan.

"Hoekom sluit mevgou? Is mevgou dan bang vir my?"

Ek bloos liggies. Febe is nie dom nie. "Kan ek jou met iets help, Febe?" vra ek, en haal my donkerbril af.

Febe glimlag. Net een en 'n halwe spierwit voortand versier haar mond.

"Nee, Mevgou. Ek wou maar net môre sê," antwoord sy en tree 'n paar treë terug.

Ek frons nou. Trek my beursie onder die sitplek uit. Ek was pas by die kitsbank; net honderd rand note. Ek besluit om vir Febe een van hulle te gee.

Sy het intussen omgedraai om aan te stap. Onder haar hemp-rokkie is daar 'n rugsak, wat haar soos 'n klein boggelrug laat lyk. Sy dra onpaar plakkies wat al baie beter dae gesien het. Ek sien die heeltemal geskuurde hakke. Ek skat haar agt of nege jaar oud, al is sy baie kort.

Sy draai weer om, kyk my reg in die oë, en waai met haar hand soos 'n koninklike. 'n Floutjies glimlag speel om haar lippe.

Ek maak die venster verder oop en steek my hand met die noot na buite.

"Hier, Febe, koop vir jou 'n broodjie en melk, dalk 'n soetigheid ook?"

Sy gaan doodstil staan. Dan stap sy stadig terug, oë soos pierings.

"Nee! Febe Jigge, jy vat nie daai geld nie! Mevgou, bêre daai geld. Netnou gýp iemand dit!"

"Febe, nee, jy mag nie die Here se Naam ydellik gebruik nie," sê ek sag, maar ernstig.

"Maag ek vloek nie, Mevgou. Ek sê *jigge* – met 'n g, nie met 'n gg nie!"

Ek is vir 'n oomblik uit die veld geslaan. Weet nie hoe om dit nou te hanteer nie. Al laat haar uitspraak dit sagter klink, bly dit onvanpas. Maar ek gee haar die voordeel van die twyfel en knik net my kop. Iets in haar uitspraak herinner my aan Oranjerivier-Afrikaans. Dalk het sy Khoi-bloed? En met daardie blou oë, dalk blou-bloed ook?

Ek sien vir Basie naderstap. Febe sien hom ook, draai om en hardloop die teenoorgestelde rigting in. Ek sit die geld terug in my beursie.

"En dit nou?" vra Basie terwyl hy die inkopies inlaai.

"Ek weet self nie. Sy het net gegroet. Wou nie eers die geld vat nie. Sy sê haar naam is Febe van die Namib."

Ek kyk nog om my. My oë soek, soek in die rigting waarheen sy verdwyn het.

"Draai hier links en ry om die blok, asseblief, Basie. Ek wil meer weet van die kind. Sy lyk kompleet soos 'n bergie!"

Ons het vir vyftien minute straat op en af gery. Geen spoor van haar nie. Soos mis voor die son verdwyn.

Terug by Tkabies, ons kampplek net buite Keimoes, steek Basie die vuur aan. Ek begin die deeg vir potbrood meng. My gedagtes is nog by Febe.

Ons kamp elke jaar hier. Die omgewing is asemrowend – pragtige sonsondergange, oorvloedige voëllewe. Die mense is vriendelik; ware Kalahari-gasvryheid. Ons kampeerplek is tussen wingerde – dalk werk Febe se ouers hier?

Daardie nag slaap ek min. Ek droom dat Febe deur 'n voertuig raakgery word en aasvoëls in sirkels bo haar kop draai.

Teen vyf die oggend staan ek uitgeput op. Ná koffie en beskuit gaan stap ek tussen die wingerde, tot my asem min raak. Hoekom is ek so bekommerd oor hierdie kind?

Ek ry elke dag dorp toe. Soek haar by die inkopiesentrum. Geen teken. Maar ek hou aan hoop. Die eerste dag koop ek vir haar 'n paar tekkies. Tweede dag – langbroek, bloeiselhemp, pakkie broekies. Derde dag – warm baadjie. Ek kry 'n *Frozen Elsa* kombers op uitverkoping. Koop sommer 'n kussing ook. Steeds geen teken van haar nie.

Op dag vyf stap ek van winkel tot winkel. Niemand ken vir Febe nie. 'n Vrou wat sitroene verkoop, probeer my oortuig van alles. Ek voel moedeloos.

Ek bid in my hart: "Here, help my om vir Febe te help." Ek stop by 'n padstal om vir familie druiwe, konfyt en neute te koop.

Terug by die kar hoor ek iemand roep: "Febe, kom help die mevrou laai!"

Ek verstil. *Febe?*

Dis toe *prinses Febe* wat bokse druiwe aandra. Ek wil haar optel en teen my vasdruk.

"Mevgou! Hoekom huil mevgou nou? Wat is fout?"

"Dis sommer niks, Febe," sê ek, en sluk aan die trane. Kan 'n mens regtig só emosioneel wees oor 'n klein dogtertjie?

"Maar ek wil weet van jou. Waar's jou ouers?"

Voor sy antwoord, vat ek haar hand. Ek stap terug padstal toe. Die man agter die toonbank moet praat.

"Febe het een dag net hier aangestap gekom, al twee jaar terug. Niemand weet van waar nie. Ons het die *government* laat weet, maar hulle kom nie. Ons het haar gevat, dis gevaarlik daar buite. Sy is 'n goeie kind. Werk hard. Kla nooit."

"Febe het my hart gesteel. Ek wil vir haar sorg," begin ek.

"Maag Febe Jigge steel nooit, Mevgou!" sê sy benoud.

Ek verduidelik. Ja, sy *het* my hart gesteel, maar ek kan haar nie huis toe vat nie. Ek weet wat wag. Mense se vooroordele. Die geskinder. Die vrae oor ras. Ek sal haar nie 'n guns doen nie.

Ek het haar voog vertel dat ek sal help, finansieel. Hy was dankbaar.

Febe was in ekstase toe ons al haar goed bring. Toe ons groet, het sy agterna gehardloop met haar Elsa-kombers wat soos 'n superheld se mantel waai. Elke jaar het ons haar kom besoek en bederf. Ook met 'n nuwe voortand. Haar rooi hare was nie geneties nie – net Kalaharisand. Maar haar blou oë was eg. Haar hart nog méér.

Febe het eers begin skoolgaan op agt, maar het vinnig gevorder. Sy het matriek met lof geslaag. Later het sy Skotland toe gegaan, na haar mense, na haar pa se familie.

Nie alle stories eindig met 'happily ever after' nie, maar Febe Jigge het spore in ons lewens gelos. Die meetsnoere het vir haar op lieflike plekke geval.

Kortom Koffie

Ek het nie nodig gehad om sy foon te sien nie. Ek *het gevoel* hoe my lyf koud word toe hy instap, soos wanneer 'n dier die reuk van 'n roofdier kry, lank voor die jag begin. Hy het nog geglimlag toe hy my groet, maar iets in die hoek van sy oë het nie saamgewerk nie.

Ma het altyd gesê: "Wanneer jou maag begin draai sonder rede, is daar *altyd* 'n rede. Dis selde iets wat jy geëet het, en meestal iets wat aan jou vreet." Sy't geglo aan dermflora as waarskuwingstelsel. "'n Vrou se maag is 'n medium, my kind," het sy gesê terwyl sy botter op haar roosterbrood gesmeer het. "Wanneer hy jêm smeer – kyk mooi ..." Hy eet nie eens konfyt nie!

Ek het begin kyk. Na die konfyt. Na die bottel whiskey wat van agter die Weetbix stadig verskuif is na die kaggelrak toe. Na die stiltes tussen ons, die vrae wat nie meer gekom het nie.

En die koffie ... hy't opgehou vra of ek wil hê hy moet vir my koffie maak. Net soos hy weet ek van my skaaptjoppie hou, weet hy ook hoe ek my koffie drink.

Ek het myself begin afvra of die probleem seksueel van aard kan wees. Emosioneel. Dalk werk. Of net daardie verlange na 'n ander lewe – een waarin hy weer jonk is, wild en ook gewild? Hy het onlangs nog gepraat van motorfiets koop. Ek het gelag, maar ek kon sien hoe hy lank daarna nog in die niet bly staar het, asof hy iets van homself daar probeer vashou.

Hy het oortyd begin werk, of so gesê; later gekom, stiller geraak.

En ek, ek was tog so besig met die kinders se kinders. 'n Nuwe baba; 'n peuter wat vir 'n paar dae kom kuier. Ek het nie agtergekom hoe ver ons al uit mekaar begin dryf het nie. Die televisie het begin om my plek in te neem. Ons het nog altyd 'n goeie verhouding gehad. Dink ek. Dink hy dan nie so nie?

Ek is al lankal op haar Instagram. Het daardie foto van hulle in Clarens gesien. Sy dra 'n kort rokkie in daai warm oranje wat hy altyd 'goedkoop' genoem het. En sy lyk perfek daarin.

Toe sien ek die stoep. Dieselfde plek waar ons verlede jaar tydens lente 'n glasie wyn gedrink het. Selfde hoek. Selfde bank.

Maar nie dieselfde vrou nie.

Sy glimlag vir iemand agter die kamera. 'n Glimlag wat nie vir die wêreld bedoel is nie.

Ek wou self verlede maand daar 'n draai gaan maak. Maar hy't gesê hy's moeg. Te besig.

Hy't nie net verander nie. Hy't gelieg.

Ek wag nie vir 'n bekentenis nie. Ek wag vir die regte oomblik. Nie 'n oor en weer geskreeu nie. Nie 'n drama nie. Net een vraag.

Toe hy op 'n Saterdagaand weer alleen buite gaan sit, vat ek vir ons elkeen 'n glas wyn uit. Ek sit myne ook voor hom neer.

Hy kyk op. Soos 'n man wat nie weet of hy in die moeilikheid is nie.

Ek sê niks en gaan sit, kyk hom net aan. "Hoekom het jy haar gesoen?" vra ek sag. Nie beskuldigend nie. Net so. 'n Vraag. 'n Wond wat oopgemaak moet word.

Hy sluk. Sê niks vir 'n lang ruk. Dan, "Ek weet nie... sy't my laat onthou hoe ek was, toe ek nog nie ... moeg was nie."

Hy vou sy hand om die glas, neem 'n sluk. "Ek werk lang ure, slaap min, en jy – jy's altyd besig met die kleintjies. Jy's 'n wonderlike ouma. Maar ek mis jou. Ek mis óns."

Ek kyk lank na hom, nie seker of dit die volle waarheid is nie, maar dit voel eerlik genoeg.

Ek sê: "Ek's nie dom nie. Of blind nie. Maar ek wil hê jy moet terugkom, as jy wil. Nie net huis toe nie. Hierheen." Ek tik liggies teen my borsbeen. "Ek het jou nie verloor nie, jy het net weggegaan. En ... as jy wil terugkom, sal ek wag. Maar ek kan jou nie dwing nie."

Hy knik. Niks dramaties nie. Geen tranedal nie. Net 'n man wat skuldig is. En 'n vrou wat moeg is vir wonder...

Later, toe ek uit die stort kom, hoor ek die koffiemasjien begin prut.

Kortom koffie. Nie raad of beloftes nie. Net twee koppies. Stil. Warm. En genoeg. Sy manier om te sê: ek's hier. Ek's jammer. Ek's moeg vir weggaan.

Lig en Laventel

"Pa, vertel my van Mammon, asseblief?"

Ek weet nie hoekom ek dit vra nie. Dit was nie beplan nie – die woorde het maar net gekom, soos stoom uit my koffie, sonder waarskuwing.

Pa vou die koerant stadig toe. "O, hier kom nou weer 'n ding," sê hy met daardie half-grappige, half-waaksaamheid in sy stem. "Wat nou, Susaar?"

Ek bly stil, kyk af na die donker vloeistof in my beker.

"Dis sommer iemand by die werk. Ek en Fred het baklei. Oor geld."

"Geld?" Hy leun effens vorentoe. "Maar jou baas betaal dan goed, of hoe?"

Ek knik. "Hy's meer as net regverdig. Hy gee bonusse, winsdeling ... selfs worsbroodjies op Vrydae."

Pa lag oor die broodjies, en ek stoom voort.

"En ek weet hy is 'n kind van God, ek twyfel nie vir 'n oomblik daaraan nie. En toe Fred daaroor begin raas, toe sê ek hy's ondankbaar."

"Wat presies het hy gesê?"

"Hy sê Meneer Jacobs is soos Mammon. Dat niemand só vrygewig is sonder 'n agenda nie. Hy sê dis manipulasie."

Ek kyk na Pa, maar hy sê niks nie. Net daardie lang, deurgrondende kyk waarmee hy altyd my gedagtes probeer lees.

"Toe sê ek vir Fred hy vergeet hoe die baas hom gehelp het toe sy seun in die hospitaal was. Hy't sommer die hele rekening betaal, net so, sonder om iets terug te vra. Maar Fred sê dis juis die probleem. Dat mense verslaaf raak aan ander wat met geld, mag uitoefen. Dat dit mooi lyk, maar steeds Mammon is."

"En wat dink jy?" vra Pa.

Ek sluk. "Ek weet nie. Ek was kwaad. Maar toe ek vanaand hier instap, toe voel ek ... dis nie net Fred wat twyfel nie. Ek twyfel ook. Oor myself. Oor hoe ek oor Ma se huis voel."

Pa staan op en maak vir homself nog koffie. Sy bewegings is stadig, beredeneer – amper plegtig.

"Susaar," sê hy terwyl hy suiker inroer, "God se kinders hoef nie van geld weg te vlug nie. Dis nie geld wat boos is nie, dis die liefde vir geld wat jou skeef trek. Dis nie Mammon wat eerste aan jou deur klop nie. Dis jy wat vir hom oopmaak."

Ek luister. Maar ek dink aan daardie laaste middag by die prokureur. Hoe tannie Malie net vir my gekyk het, daardie lang, vraende kyk. Hoe Boet gesnuif het toe hy hoor ek kry die huis.

Ek het nie daarvoor gevra nie. En ek het nie geweet wat om daarmee te maak nie. Ma se huis, Ma se lig, Ma se tuin vol laventel – dis alles nou myne. En tog voel dit nie reg nie. Soos iets wat aan iemand anders behoort het, maar by my beland het.

"Pa," vra ek versigtig, "hoekom dink Pa het Ma dit so gedoen ... hoekom het ek dit gekry? Sy moes weet dit sou dinge gespanne maak tussen ons."

Pa kyk op. "Dit gaan nie oor Ma nie, Susaar. Dit gaan oor ons wat agtergebly het. Ek het ook gewonder oor haar besluit. Maar ek het besluit ek gaan nie Mammon my broer maak nie." Sy stem is sag, maar ferm. Hy kyk reguit in my oë.

49

Ek wil iets sê, iets regverdig, maar daar's niks. Die huis is myne, ja. Maar dit het 'n prys.

Ek dink terug aan hoe Fred gesê het, "Mammon dra nie horings nie. Hy bring jou net jou salaris met 'n glimlag." En hoe ek gewonder het of ek nie dalk ook iets verkoop het nie. 'n Stukkie vrede hier, 'n bietjie waardigheid daar.

"Ek het nie gevra vir die huis nie, Pa."

"Ek weet. En ek's bly jy het dit gekry. Ek vertrou jou hart."

My oë brand. Ek kyk weg. Stilte hang tussen ons. Net die klok se getik en die wind teen die ruite hoorbaar.

Dan praat Pa weer, saggies, soos iemand wat hardop dink. "Geld maak gewoonlik vyande. Dis nie net in besigheid nie. Dis in families. In vriendskappe. In kerkrade en testamentlesings. Dis nie die geld self nie, dis die gees daaraan verbonde. Jy koop 'n bed, maar nie rus nie. Boeke, maar nie wysheid nie. Jy koop plek in 'n kerk, maar nie 'n ontmoeting met God nie."

Ek kyk na hom.

Hy gaan weer sit, sy hand rus oop en rustig op die tafel.

Ek skuif my hand oor syne. "Ek wil dit reg doen, Pa," fluister ek. "Ek wil nie Mammon in my hart hê nie."

Pa knik een keer. "Dan het jy klaar gewen, my kind." En dan, amper soos 'n gebed, fluister hy:

"So sal ek kom
met my stukkie lof
met my bietjie bid
met my sinne van stof..."

Die oggendlig skuif oor die tafel. Ek sit stil, my hand in Pa s'n, en vir die eerste keer in weke voel ek nie skuld of twyfel nie – net stilte. En vrede.

Die middag ná ons gesprek oor Mammon loop ek na die kamer toe wat ek nog nie heeltemal myne gemaak het nie. Ma se kamer. My kamer. Die vloer kraak steeds op dieselfde plek.

Ek weet ek moes lankal begin uitpak. Maar dis moeilik om laaie oop te trek wat aan iemand anders se stilte behoort het.

Ek gaan sit op die bed. Die laventel-geur is vaag, amper net 'n herinnering.

Langs die bed is haar Bybel. Ek maak dit oop, nie uit nuuskierigheid nie, maar omdat ek haar teenwoordigheid mis. Die bladsye is dun en bekend. Ma het dikwels gelees, maar selde gepraat.

Op die binnekant van die voorblad, net haar naam. Stil. Teenwoordig.

Ek blaai. Dan sien ek dit, onderstreep, net een reël, met 'n datum in haar handskrif:

"Jy kan nie God dien én Mammon nie."

(Matteus 6:24 – 15 Oktober)

Ek herken die datum. Dis omtrent toe sy die testament verander het.

Ek sit lank stil. Ek dink nie sy het dit vir my gelos om te vind nie. Sy het dit vir haarself geskryf. 'n Keuse wat sy gemaak het – stil, maar deurslaggewend. Dis hoe sy altyd was.

En toe verstaan ek iets. Die huis was nooit bedoel as 'n bate nie. Dit was 'n belydenis. 'n Geloofsdaad. 'n Tuiste. Nie 'n oorlogsterrein vir eienaarskap nie.

Ek sit die Bybel terug op die bedkassie. My hand rus 'n oomblik daarop.

"Ek sal dit nie verkoop nie, Ma," fluister ek. "Nie net die huis nie. Die vrede ook nie."

Maagwerk en Marmelade

Ek weet dis nie hoe jy 'n sinvolle gesprek begin nie, maar ek moet dit sê: my maag weet dinge. Dis nie net 'n gevoel of 'n knop of daai klassieke 'vlinders' nie. Nee, my ingewande is uiters intelligent. Hulle is so betroubaar soos 'n ou tannie wat elke dorp se skindernuus ken én onthou, tot wie by wie se troue gehuil het.

Dis 'n probleem, veral as jy in 'n oopplan-kantoor werk en jou maag begin grom elke keer as Annetjie van HR lieg oor haar dieet. Ek moet net leer om hom nie vas te gryp wanneer hy so lawaai nie!

Ek is Koos-Johannes van Vuuren, admin-klerk by Munisipale Dienste, afdeling C, in Viljoenskroon. My lewe is nie dramaties of opwindend nie. Ek hou van rugby, spek en stilte. En ek het 'n maag met opinies.

Die eerste keer wat ek regtig agtergekom het iets is aan die gang of baie verkeerd, was verlede maand. Ek het 'n aarbei-jogurt geëet – weet nou dit was 'n fout – toe Annetjie met daai skelm pienk lêer by my lessenaar opdaag.

Sy glimlag soos iemand wat weet ek is nie hierdie jaar op die Kersfeeslys nie.

"Koos," sê sy, "ons kon ongelukkig nie jou oortydure laas maand verwerk nie. Tegniese probleem. Die sisteem, jy weet mos?"

Toe grom dit. Nie 'n gewone grom nie. 'n Aardbewing-in-my-middellyf soort grom. Ek het dadelik regop gesit. My maag het te kere gegaan soos 'n haelstorm op 'n sinkplaat. Ek kyk haar in die oë. "Dis net ... die jogurt," sê ek.

Sy lag.

Ek lag saam, maar in my kop sê iets vir my: Sy jok. Dis nie die sisteem nie. Dis sý. En vir die eerste keer in my lewe begin ek wonder ... wat as my maag regtig meer weet as ek?

Ná die Annetjie-insident kon ek nie meer daarby verbykom nie.

Ek bedoel, dit kon die jogurt gewees het. Of spanning. Of daai koue frikkadel by die petrolstasie. Maar toe dit weer gebeur by die koffiemasjien die volgende week, toe Harry van Versending my vertel die nuwe veiligheidsbeampte is ''n regte meneer, baie gekwalifiseerd, werk al jare met alarms en elektriese heinings', toe tref dit my maag soos 'n bak vol bruin bone op 'n warm dag.

Dis nie net 'n kramp nie. Dis 'n waarskuwing.

Twee dae later hoor ek die 'baie gekwalifiseerde' veiligheidsbeampte het per ongeluk die burgemeester se motor aan die verkeerde kant van die hek vasgeketting. Vasgekétting, soos 'n fiets.

Toe begin ek eksperimente doen. Stilletjies, natuurlik. Ek wil nie hê mense moet dink ek's 'n eetbare weergawe van Nostradamus nie.

Ek't vir die begin klein begin, by die televisie.

Ek sit Dinsdagaand voor die TV met 'n bord lasagne en 'n koppie rooibostee. eNCA se anker glimlag vir die kamera. "Minister X sê daar is geen sprake van korrupsie nie."

My maag gil. Letterlik. Soos 'n warrelwind in 'n nat pyp. Ek sluk my tee, kyk verbaas af na my pens.

"Minister X herhaal: daar is geen..."

BLÔRP!

Ek skryf dit neer. Pen en papier. "Minister X – MAAG SÊ: LEUEN."

Ek kyk tot die weerberig, net om te toets.

Weervoorspeller: "Sonnig en helder, geen reën in sig nie."

Maag: tjoepstil.

Ek's beïndruk. Dít was akkuraat. Want die volgende dag was dit inderdaad sonskyn. My maag lieg nie oor die weer nie. Dis net mense wat hom trigger.

Donderdag toets ek my teorie op daai een kollega wat altyd spog oor haar man wat 'n 'internasionale entrepreneur' is. Ek loer oor my skouer. "En Suné, hoe gaan dit met jou man in Switserland?"

Sy glimlag. "O, goed. Hy het net weer na Londen moes vlieg vir besigheid. Beleggings, jy weet."

My maag begin dadelik klop. Nie soos 'n normale klop nie. Soos 'n hartklop, links van my naeltjie af.

Ek vra: "Wat doen hy nou weer?"

"Uhm... iets met kripto-geld en kaas."

DÓF-DÓF-DÓF.

Duidelik. My maag is nou 'n poligraaf. Of dalk 'n BS-detektor. En hy's aan diens.

Teen Vrydag het ek boek begin hou. 'Maag-Openbarings'. Ek't 'n stelsel ontwikkel:

**Grom: Algemene leuen of verdraaiing.

**Borrel: Voorgevoel van fout of chaos.

**Kloppend: Emosionele onwaarheid (liefdesleuens, bedrog, ens.)

55

**Fluitgeluid: Iets bonatuurliks of ... gevaarlik.

En teen die naweek het ek geweet: hier's iets. Dis nie net drome of derm gas nie. Dis 'n vorm van intuïsie. Ek's dalk die eerste mens op aarde wat 'n spirituele spysverteringstelsel het. En eerlikwaar, ek weet nie of ek dit wil hê nie.

Dinsdagoggend.

Die son het skaars oor die watertoring geglinster toe Annetjie se stem deur die interkom kraak: "Alle personeel, asseblief. Die burgemeester kom vandag op inspeksie. Wees vriendelik. Sindelike klere. Koos, daai hemp met die kat op – los hom liewer."

Ek kyk af na my *'Hang in There'*-T-hemp. Dis 'n kat wat aan 'n boomtak hang. Ek dink dis inspirerend. My maag gee 'n effense grom van goedkeuring. Dis die eerste teken.

11:02

Die burgemeester stap in. Groot man. Klein snor. Politoer-gladde hare en die houding van iemand wat dink hy't sop gemaak toe hy eintlik net warm water gegooi het.

Ek voel dit onmiddellik.

Nie 'n grom nie. Nie 'n borrel nie. Nie eers 'n fluit nie. Dis ... ompaaie. 'n Intense, kronkelende, draaierige gevoel. Soos 'n slang wat net onder my maagspier begin spinnekopdans.

Hy lag vir almal, klop Skippie van Vullis op die rug, sê dinge soos "hardwerkende mense hier, ons is trots."

My ingewande is besig om skaak te speel teen 'n demoon.

Ek gryp die rand van my lessenaar. Ek hoor skaars hoe Annetjie giggel. Die burgemeester is al by my toe ek opkyk.

"Koos, is dit?" vra hy, met daai stem van iemand wat al te veel buffets beleef het.

Ek knik. My maag gil binne-in. Waarsku hom, sê iets. Nie met woorde nie – met sensasie. Met ingewande. Maar wat móét ek sê? *'Goeiemôre, Meneer Burgemeester, my derms sê jy's vol stront'*?

Ek glimlag. "Welkom hier, Meneer."

Hy beweeg aan. Ek sit terug. My maag tril soos 'n Nokia in 2004. Ek sê niks nie.

Teen die einde van die week is dit op die nuus: "Munisipale korrupsie-skandaal: burgemeester betrokke by tenderbedrog, ondersoek deur Valke begin."

Ek kyk na die TV, sit stadig my tee neer. My maag is stil. Nie uit vrede nie. Uit teleurstelling.

En ek? Ek's... skaam. Ek't geweet. Ek't gevoel. En ek het geswyg.

Dis een ding om jou maag te gebruik om die waarheid oor kaasmanne en kaalgat-vakansies op te spoor. Dis 'n ander ding as jy iets regtig belangrik weet, en jy hou dit stil.

Ek begin wonder ... dalk is dit nie snaaks nie. Dalk is dit 'n roeping.

Dis snaaks hoe 'n mens se lewe kan verander met iets so eenvoudig soos 'n kramp.

Ná die burgemeester-debakel het ek 'n besluit geneem. Ek het gaan sit, vir my maag 'n koppie gemmertee gegee, en gevra: "Wat nou?"

Toe sê hy niks. Maar ek't geweet – dis tyd.

Ek het klein begin. 'n Kollega of twee. Die Tannie by finansies met 'n man wat gereeld verdagte 'laat vergaderings' het.

Ek't net geluister. Nie na hulle nie, na hóm. My maag. En hy het begin praat. Grom. Borrel. Tjoep. Fluit.

Binne weke het mense van buite die kantoor begin kom. 'n Dominee se vrou met vrae oor 'n droom. 'n Sokkervrou wat nie seker was of haar seun regtig sy knie beseer het nie. (Hy het nie.)

Ek het begin dagboek hou. Mense het begin vra, "Koos, het jy nog plek vir Vrydag?"

Ek het my werkplek herdoop tot "Maagwerk Inc."

Annetjie van HR het gesê dis onprofessioneel. Ek het haar net aangekyk, en toe sy vra wat ek dink van haar nuwe kêrel, het my maag só gesuis soos 'n waterpyp wat op 'n ramp sit.

Sy's toe stil.

Eendag staan 'n ou vroutjie in die gang. Klein, krom, met rooi skoene en 'n geel handsak.

"Ek hoor jy's die een met die innerlike oortuiging," sê sy.

Ek knik. My maag is kalm. Beheers.

Sy sit. Vertel van haar verlore hond. Nie 'n mens nie, 'n regte worshond, by name Trixie. Vermis vir drie dae. Sy wil weet of Trixie leef.

Ek fokus. Sluit my oë.

Niks. Stilte. Dan – 'n sagte klop.

"Sy leef nog," sê ek. "Kyk by die ou silo's agter die garage. Sy is bang vir donderweer, sy't dalk daar gaan skuil."

Drie ure later kry sy vir Trixie. En 'n koerantartikel volg: "Plaaslike admin-klerk met maag-mediumvermoë help ouma en worshond herenig."

Ek't nog nooit so baie gratis tuisgebak en ingelegde marmelade (wat ek nie eers eet nie) gekry nie.

Vandag sit ek met 'n beker koffie, my kat-hemp en 'n reuse boek vol name, datums, en ingewande-inspirasie.

Ek's nie 'n held nie. Ek's nie 'n siener of 'n profeet nie. Ek eet steeds te veel kaas en kry soms krampe van gewone boontjies.

Maar ek weet dit nou: soms praat die waarheid nie deur stemme of tekens of engelkoorde nie. Soms praat dit deur borrels.

En as jy mooi stil raak, en dalk die regte jogurt eet ... dan hoor jy dit ook.

Maria

"Het ons hart nie brandende geword toe Hy met ons gepraat het op die pad nie?"

— **Lukas 24:32**

Die pad was kaal en helder, die oggend ligblou en ys. Langs die pad het die oliebome geruis soos iets wat nog moes gebeur. Maria het geloop met die stewige tred van iemand wat 'n besluit geneem het. Haar lyf het gerus in die beweging, haar skouers stadig gesak soos iemand wat uiteindelik moeg is van dra.

Sy het nie vir Kleopas gesoek nie. Nie rêrig nie. Sy het net gegaan. Die pad uitgeken van vroeër, toe hulle nog almal geleef het, toe haar voete nog lig gevoel het en hoop iets soos asem was.

Sy het sy baadjie gedra, die een wat hy altyd met die feesdae aangehad het. Die moue was te lank. Sy het haar hande daarin weggesteek.

In haar gedagtes het sy dinge oor en oor probeer sorteer – wat gebeur het, wat gesê is, wat gelos is, wat gebreek het. Maar alles was verwarrend, soos om te probeer onthou wat jy in 'n droom gesê het.

Die ander vroue het haar gewaarsku: Moenie alleen gaan nie, die pad is lank, dit is nie veilig nie, jy weet nie wie jy daar sal raakloop nie.

Maar dit was juis hoekom sy gegaan het. Sy móés iemand raakloop. Of glad nie. Miskien was daar vrede in nie meer gevind word nie.

Daar was iemand op die pad, later, naby die draai waar die pad weer effens klim. 'n Man. Nie jonk nie, nie oud nie. Sy oë was nie vreemd nie, maar sy gesig was nie bekend nie.

"Waarheen gaan jy?" het hy gevra.

Sy wou sê: Na Emmaus. Na verlange. Na vergeet. Na klaar. Maar sy het haar skouers net gelig.

Hy het saam met haar begin stap. Nie dwingend nie. Nie dringend nie. Net só – 'n teenwoordigheid, sonder eise.

Hulle het begin praat.

Nie oor hom nie. Nie eers oor Jesus nie. Eers oor klein dinge. Brood. Die weer. Die pad. Toe oor pyn. En dan oor daardie vreemde gevoel van 'n hart wat wil glo, maar nie kan nie. Van iemand wat te veel verloor het om nog seker te wees.

Sy het begin vertel. Van haar seun, Simon, wat verdwyn het toe die Romeine gekom het. Van Kleopas wat later nie meer gepraat het nie. Van haar jongste, Hanna, wat altyd die duif se vlerkies wou aanvat. Van die nag toe die wêreld stil geword het.

Die man het geluister. Regtig geluister. Asof hy elke naam onthou het. Asof hy geweet het hoe Simon se lag geklink het.

Toe hulle by die huisie in Emmaus kom, het sy gesê: "Bly hier. Die aand is amper."

Hy het eers getwyfel. Toe geknik.

Sy het vir hom brood gebring. Die laaste stukkie wat sy nog oorgehad het van die fees.

Hy het dit geneem, gebreek, en aangegee.

En toe...

61

Die oë. Die oë was dieselfde. Die gebaar van die hande. Die manier waarop hy haar naam gesê het, al het hy haar nie een keer gevra nie.

"Maria."

En toe het sy geweet.

Nie op die manier van seker wees nie. Nie soos iets wat jy kan bewys of verduidelik nie. Maar soos om wakker te word en te onthou: ek het gedroom van lig.

Sy het buite toe gehardloop. Die pad af. Die skemer het begin sak, maar sy het nie gestop nie. Haar voete het die grond skaars geraak.

Oral om haar het die skoenlappers begin vlieg.

Nie die gewone vaalbruin veld soort nie, maar helder bloues, soos vlamme. Lig wat beweeg.

Hulle het aan haar geklee soos klere. Hulle het saam met haar gevlieg.

Sy het gelag. Sy het gehuil.

Die pad was lank, maar sy het geweet: sy sal weer praat. Sy sal weer glo. Sy sal weer sing.

Soutkus en Kaneelkrummels

Klara gooi die mossels in 'n emmer skoon water sodat hulle van die ergste sand kan uitskei. Sy trek behendig die baardjie langs die skulp af en borsel dit met 'n harde borsel skoon. Sy verkies om seekos te stoom en nie te kook nie. Sy is mos dan *dié* Weskus-sjef waaroor almal praat, en niemand kan 'n mossel opdien soos sy nie.

Sy sit 'n paar klippe in 'n groot emmer en gooi net genoeg water in, verkieslik seewater, om die klippe te bedek.

Sy loop om die kragdraad by die gemeenskaplike punt in te druk sodat die water tot kookpunt gebring kan word voordat sy die mossels ingooi.

Dit is 'n heerlike, sonnige Sondagoggend op Paternoster se strand, en die maandelikse markdag is reeds in volle swang. Oral is mense besig om hul stalletjies in gereedheid te bring.

Terug by haar pop-up-tentjie skakel Klara die elektriese emmer aan – en toe, uit die bloute ... vonke.

'n Paar minute later, met 'n kraglose stalletjie en 'n sarsie verleentheid, tree sy agteruit in die proses om weg te kom. Toe sy drie treë verder op haar sitvlak te lande kom, heers daar 'n doodse stilte.

Sy word aangekyk asof sy van 'n ander planeet af neergedaal het.

Sy het lankal belowe sy sal nie weer van iemand afhanklik wees nie ... en hier staan sy nou. Met nat mossels en geen krag nie. Tipies.

Dewald, wat drie plekke van haar af staan, sit die melktert in sy hand neer en hardloop om sy hulp aan te bied.

"Alles onder beheer!" roep sy en gooi albei haar duime in die lug.

Dewald stop in sy spore en draai toe terug na sy melktert-stalletjie. Hy is stil en teruggetrokke op sy plek. Nie almal dink dit is pret wanneer 'n man 'n baasbakker is nie – en dit nog met sy ouma se melktertresep!

Klara besef dat die krag af is en dat sy moontlik nie eens haar stalletjie gaan kan betaal as daar nie 'n wonderwerk gebeur nie. Sy gryp die sak mossels en die elektriese emmer en kies koers na Dewald se stalletjie. Sy het hom sien aankom en toe terugdraai en besluit hy sal in elk geval nou tot haar redding kom.

"Nee, jammer," keer Dewald toe sy die sak mossels voor hom neersit, "die reuk van jou mossels sal die kaneel uit my terte laat ontplof."

Klara se mond gaan oop en toe. Sy dink aan 'n gepaste bitsige antwoord, maar besef sy is nou baie verleë en sit haar engelgesig op. "Asseblief, help my net dié een keer. Net totdat die mossels oopgaan. Dan gooi ek dit in koue water by my eie plek," smeek sy en probeer sommer 'n traan uitpers soos sy van kindsbeen af met boelies geleer doen het.

Dewald sug. Hy kry dit nie oor sy hart om haar weg te stuur nie – veral toe die uitstallers in 'n koor "Ahhhh!" roep en daarna hande klap toe hy ingee.

Inderdaad! Die reuke bots só erg dat dit Klara naar maak.

Tyd loop, en sy moet nog haar kerrie-knoffelsousie laat prut.

Dewald haal eerder deur sy mond asem en raak nog stiller. Hy haal die tertdoppies uit wat gevul moet word en plaas dit langs hom op die tafel neer.

Klara begin die eerste mossels uit die kookwater haal en in yswater doop.

Niemand weet hoe dit gebeur het nie...

'n Mossel kom in een van die tertdoppies te lande, net toe Dewald dit met die spuit vul, sonder dat hy dit agterkom.

Klara vries en wag dat die bom bars.

Niks gebeur nie.

Dewald strooi kaneel oor en plaas dit onder 'n net. Hy kyk op en bloos toe hy sien hoe sy na hom staar, en verstaan haar kyk heeltemal verkeerd.

Hy begin praat, hakkel toe hy haar naam in 'n trans sê, maar die burgemeester en sy vrou stop by sy stalletjie om 'n tertjie te proe ... en soos die duiwel (of engele) wil, neem hy die mossel-melktertjie.

Klara draai om en stap terug na haar plek. Sy wil dit nie sien of hoor nie, nie die burgemeester se eerste hap nie, ook nie Dewald se gesig as hy besef wat gebeur het nie. Sy voel haar wange brand soos 'n oond, asof sy reeds in die kombuishel is.

"Mmmm... vrou, proe dié een," sê die burgemeester en hou die ander helfte vir haar uit.

Sy gee 'n gilletjie, skerp en hoog soos 'n sopraan wat haar hoogste noot oefen, en gryp haar man se arm vas.

"Meneer! Wat 'n wén-kombinasie! Sal jy die resep met ons deel?"

Dewald verstar toe hy die mossel onder in die half geëte tertjie sien. Hy frons en soek na Klara tussen die mense wat nou om die tafel saamdrom om te proe.

Wat de hel het die vroumens aangevang? swets hy in sy gedagtes. Hy gaan onbedaarlik aan die bewe, maar hou kop.

"Loop gerus 'n draai. Dit was die laaste een. Gee ons 'n paar minute om in te haal ..."

Dewald stap reguit na Klara toe, sy oë donker. Sonder om te vra, vat hy haar hand. "Jy, mejuffrou," sê hy, "het nou net 'n resep geskep wat mense aan die gil sit."

Sy wil haar hand terugtrek, maar haar voete wil nie beweeg nie. Hy't haar nie net vergewe nie ... hy's beïndruk.

"Wat?" fluister sy. "Wat het die man nou net gesê? Wenresep? Ongelooflik!"

Wat 'n malhuis, dink Klara opgewonde. Die beker gewen, 'n prysgeld, twee keer meer as wat sy gewoonlik maak, en nou wil 'n restaurantgroep die resep koop!

"Nee, jammer, Klara. Dit is my ouma se resep, en ek het haar voor haar dood belowe dat ek dit met niemand sal deel nie."

"En as jou bootjie môre sink?" vra Klara met 'n opgetrekte wenkbrou. "Wie gaan jou of jou ouma onthou? Doen dit vir die nageslag."

Dewald kyk haar lank aan. Die wind waai oor haar hare. Hy sluk ... "Kom eet vanaand saam met my," sê hy stadig. "Dan gesels ons."

Klara se glimlag was antwoord genoeg. En die hartklop wat sy probeer wegsteek, nóg beter.

Wat 'n kombinasie?

Hul bots én besoedel mekaar met geur en gevoel ... hopelik vir nog baie jare!

Stof en Kant

Lisa en Lemarie het gegiggel toe ons verby die dames-onderklere-afdeling loop. Nie net 'n gewone giggel nie – daardie soort lag wat vir jou sê iets gebeur hier wat jy nie mag weet nie. Hulle het gefluister, stywer teen mekaar gestaan. Ek het niks gehoor of verstaan nie, maar alles gevoel.

Wat kan 'n veertienjarige seun meer nuuskierig maak as dit?

Ek het hulle die hele oggend dopgehou. Van die oomblik waar hulle voor die rakke vol sagte kant en geheime kleure stilgestaan het, tot by die toonbank waar geld oorgestoot is met 'n vinnige kyk oor die skouer. Daardie pakkie. Daardie geheim. Ek het elke beweging in my geheue gegraveer.

Om saam stad toe te gaan was nie my keuse nie. My ma het my letterlik saamgesleep ná ek eenkeer met haar teruggepraat het, die eerste keer in my 'modelkind'-loopbaan. Ek was altyd gehoorsaam, ordentlik, eerlik tot op die pynlike grens van verveling. 'n Soort engel-in-opleiding.

Maar daardie dag? Ek was kwaad. Ek het begin voel.

En toe, daardie middag, toe ons tuiskom, sien ek dit: Lisa en Lemarie glip met die pakkie by die garage in. Hulle dog ek kyk nie. Hulle weet nie van my vermoë om stil te wees nie, onopgemerk. Dis die kuns van 'n eenkant-kind, jy leer om nie gesien te word nie, net te sien.

Later, toe niemand meer kyk nie, het ek terug geglip, die garage in.

My hande het oor die wit kant *G-string* gegly, so lig, amper niks, maar tog vol betekenis. Ek het dit geneem, die sagte broekie, en na my kamer toe gevat soos 'n smokkelaar. Ek het dit die volgende dag aangetrek ... skool toe, onder my blou uniform. Nie vir seksuele bevrediging nie. Nie vir iets vuil nie. Maar vir ... iets wat ek nie kon beskryf nie. 'n Kombinasie van nuuskierigheid, gevaar, sagtheid. 'n Soort vryheid.

Die gevoel was onbeskryfbaar. Onvergeetlik. Ek het nie geweet dit sou die begin wees van iets wat my hele lewe sou inkleur nie – en jare later, ook weer sou uitwas.

Ek het begin wag vir oomblikke wanneer ek alleen kon wees. Ek het versigtig gewag tot almal buite was, of middagslapies geneem het. Die pakkie met die kantbroekie was weggesteek agter ou leerboeke in my kas, slim, want niemand kyk ooit daar nie. Nie eens Ma nie.

Ek het dit nie elke keer gedra nie. Soms het ek dit net uit die pakkie gehaal, my vingers daaroor laat gly. Dit was sagter as enige iets wat ek besit het. Sagter as my eie plek in die wêreld.

Soms het ek voor die spieël gaan staan en gekyk hoe die kant my liggaam anders maak. Nie vroulik nie, nie manlik nie, net anders. Vreemd genoeg het dit my nie ongemaklik gemaak nie. Inteendeel. Ek het gevoel ek bestaan vir die eerste keer. Nie net as iemand se seun, iemand se broer nie. Maar, as ek.

Tog het skuld soos koue rook aan my begin vasklou. Wat as hulle uitvind? Wat as iemand sien? Sou hulle dink ek is siek? Verdraaid? Verdorwe?

Ek het al gehoor hoe pa oor mense praat wat 'nie weet of hulle man of vrou is nie'. Sy stem hard, half laggend, half minagtend. Ek het dan net daar gesit en stilgebly. Hoe kon ek hom sê ... ek weet ook nie altyd nie?

En dan was daar Sondae. Kerk. Die pastoor se stem donderend oor reinheid en sondes van die vlees. Ek het begin wonder: is dit wat ek doen verkeerd? Is dit sonde as niemand skade ly nie? Kan iets verkeerd wees wat soveel vrede gee?

Ek het probeer ophou.

Regtig.

Ek het die pakkie eenkeer in 'n swartsak gesit, tot by die vullisblik gedra. Maar ek kon nie. Ek het dit uitgehaal voor die vullisverwydering daardie Woensdagoggend. Daardie nag het ek weer daarin gaan lê, nie om myself op te wek nie, maar om myself te troos.

Ek het niks gehad om my te leer wat reg is en wat net anders is nie.

En Pa? Wel, Pa het my eers van die bytjies en blommetjies vertel toe ek al meer van die tuin geweet het as hy.

My pa was nie 'n man van baie woorde nie. Hy het geglo in reguit lyne, vaste handdrukke en elke-ding-op-sy-plek. Sy wêreld was meetkunde en dissipline. Ek het my plek daar gevind, vir 'n rukkie. Ek was die slim seun, die een wat eksamens met lof slaag, en sy hare ordentlik kam.

Maar ek het geweet, daar is dinge van my wat hy nie sou verstaan nie. Dinge wat nie in sy gereedskapkis sou pas nie.

Soms het ek gewens ek kon dit vir hom sê, hoe daardie kantbroekie nie net 'n lap was nie, maar 'n veilige ruimte. Hoe dit my gebalanseerd laat voel het in 'n wêreld waar ek konstant gevoel het ek moet kies tussen maskers.

Maar ek het geswyg. Ek het aangeleer om met hom oor veilige dinge te praat: vliegtuie, wiskunde, die nuus. Ons het langs mekaar gesit en rugby kyk, maar nooit regtig na mekaar gekyk nie. Ek onthou daardie winteraand baie goed. Ek het met die dun wit lappie onder my klere in die huis rondgeloop. 'n Rebelse, stil geheim. Pa het my iets gevra, iets doodnormaal, en ek het geantwoord sonder om op te kyk. Hy't niks agtergekom nie. Of dalk wel, maar hy't niks gesê of gevra nie. En dis die ding wat my jare later steeds pynig. Hy kon vra, maar hy het nie. En ek kon praat, maar ek het nie geweet hoe nie.

Die spieël het my begin bangmaak. Ek't elke keer gekyk en gewonder: sien ek 'n seun wat verlore is, of een wat besig is om homself te vind? Ek het nie geweet nie.

Wat ek wel geweet het, was dat die stiltes tussen my en my pa al hoe dikker geraak het. En dat die skuldgevoelens oor wat ek was, of dalk nie was nie, begin wortelskiet het.

Soos die tuin agter die huis. Eers lyk alles mooi en netjies, en dan sien jy skielik 'n indringer klimop wat alles begin oorneem het.

Ek was Dux-leerling in matriek, 1976. Alles perfek, ten minste aan die buitekant. Ek het lugvaartkundige ingenieurswese gaan studeer. Die droom: om te werk aan masjiene wat vlieg, dinge wat breek met swaartekrag. Ironies, nè? Want swaarte het altyd deel van my menswees gebly. 'n Onsienbare las.

Teen 1983 was ek gegradueer, hoog in aanvraag. Ek het geld gemaak. Ek het plekke gesien. Vastevlerk-vliegtuie, missiele, selfs satelliete. Elke projek, elke toetsvlug, elke sukses het iets binne my versterk. Maar niks het daardie jong seun voor die spieël ooit stilgemaak nie.

Ek het getrou. Sy was mooi, intelligent, goedhartig. Ek het regtig probeer. Maar ek het nooit gevoel ek kan heeltemal wys wie ek is nie. Daar was altyd 'n slot op daardie deel van my siel. Ek het haar nie verraai nie, nie met 'n ander vrou of met 'n man nie. Maar met stiltes. Stiltes wat sy nie kon verstaan nie, net soos Pa.

Ons het geskei.

Ek het weer probeer.

En weer.

Pragtige kinders het uit daardie verbintenisse gekom – lig in die donker. Maar die huwelike? Tussen die sagte kant en harde eise van die wêreld, het ek nooit my balans gevind nie.

Jare later, toe die kinders ouer is, het iemand in die familie hulle vertel. Die waarheid, of ten minste hul weergawe daarvan. Oor die vroue-onderklere. Oor hul pa se 'afwyking'. Oor die geheime wat ek nie hardop gesê het nie.

Hulle oë het anders begin lyk.

Dis my seerste seer. Nie die verwerping as sodanig nie, maar dat ek nooit 'n kans gekry het om dit in my eie woorde te vertel nie. Ek, wat ander mense se satelliete gebou het, kon nie eers my eie kind se oë bereik nie.

Ek het my land verlaat, alleen. 'n Nuwe begin. 'n Ander wêreld. Niemand om vrae te vra nie, maar ook niemand om antwoorde aan te bied nie. Dis vreemd. Ek het alles bereik wat 'n seun uit 'n goeie huis sou wou hê. Sukses. Erkenning. Status. Maar my grootste hunkering was nooit na hoogte nie, dit was na: 'om verstaan te word'. Ek bly nou alleen. Nie eensaam nie. Net alleen. Ek weet die verskil.

Dis stil hier, maar dis my stilte. Ek kies wanneer ek praat, wanneer ek luister, wanneer ek net leef. My dae het ritme – koffie, lig deur die kombuisvenster, 'n paar WhatsApp-boodskappe wat ek nie altyd beantwoord nie. Ek het opgehou om myself te verduidelik.

Vir ses jaar het ek geen seksuele verhouding gehad nie. Nie omdat ek nie kon nie, maar omdat ek nie wou nie. Ek het daardie drang verloor, of dalk verplaas. Ek het vir jare myself probeer bewys – aan vroue, aan families, aan 'n kerk, aan die wêreld. Nou is ek net ek.

Die kantnommertjies is steeds daar. Nie as fetisj nie. As waarheid. Soos 'n spesiale geur wat net ek van hou, of 'n gunstelingboek wat ek elke jaar herlees. Dis nie wat ander daaruit maak nie, dis wat dit vir my beteken. 'n Sagtheid, 'n herinnering, 'n versekering dat ek nie heeltemal verdwyn het in ander se verwagtinge nie.

Ek verlang soms na my kinders. Ek wonder of hulle weet ek kyk steeds na hul foto's op my foon. Of hulle weet ek bid steeds vir hulle. Ek het opgehou om te probeer regmaak wat ek nie gebreek het nie. Ek het net begin aanvaar.

En God?

Ek weet nie altyd nie.

Soms voel ek Hom nog in die oggendstilte, in 'n sagte bries, in 'n los sin in 'n Psalm wat ek jare terug geken het. Ander dae voel Hy ver, of stil. Maar ek blameer Hom nie meer nie. Ek dink Hy bly steeds, iewers, dalk ook net-net buite my verstaan.

Wat ek weet, is dat ek nog hier is. Ek, die seun wat vir jare in stilte geleef het. Die man wat homself eers in geheime raakgesien het. Die een wat nou vrede maak, stukkie vir stukkie.

Ek is nie jammer oor wie ek is nie. En as ek dit alles oor moes doen, sou ek dalk vroeër gepraat het. Ek sou minder skaam gevoel het oor my sagtheid. Ek sou my kinders vertel het wat hulle nie verstaan het nie; dat liefde soms anders lyk, maar net so eg is.

Ek dra nie meer skuld nie. Ek dra ligter goed nou – soos stof, en kant.

'n Brief in Stilte:

Liewe kinders,

Ek weet nie of julle ooit hierdie woorde sal lees nie. En dalk is dit reg so. Miskien is dit nie vir julle nie, dalk is dit vir my. Want daar's dinge wat ek nooit kon sê nie, en ek wil nie hê eendag moet kom en daar's niks op papier nie.

Ek het julle elkeen liefgehad nog voor julle gebore is. Nie met 'n perfekte liefde nie, maar met die beste wat ek gehad het. Ek weet ek was nie altyd maklik om te verstaan nie. En ek weet julle het dinge gehoor wat julle laat twyfel het of ek die pa was wat julle gedink het julle ken.

Dis reg. Twyfel is menslik.

Ek wil net hê julle moet weet: ek het nooit gekies om vreemd te wees nie. Ek het net gekies om waar te wees. En party waarhede is nie gemaak vir ander se gemak nie, maar dit maak hulle nie minder waar nie.

Ek het lank geleer om stil te wees. Ek het gedink dis hoe jy oorleef, om net die stukkies van jouself te wys wat aanvaarbaar is. Maar dit brand 'n mens stadig van binne af leeg.

Nou, in my ouer dae, het ek iets moeiliker leer doen: praat. Ek praat nie om te oortuig nie. Ek praat om heel te word. Ek dra nie meer die las van skaamte nie. Ek dra bloot my storie.

As julle my eendag sou wil leer ken, regtig leer ken, weet net: ek wag nie vir 'n verskoning of versoening nie. Ek wag net vir ruimte. Ruimte om mens te wees, sonder vrae wat steek, sonder oë wat ontken.

Julle Pa het gefouteer, ja, maar nooit met sy liefde vir julle nie.

Ek eindig met die woorde wat ek as jong seun gelees het, sonder om hulle regtig te verstaan. Psalm 139: "U het my gevorm, my liggaam en gees. U het my geweef in my moeder se skoot. U werk is wonderbaar."

Mag julle weet: ek is wie ek is. En ek is nie spyt nie.

Met liefde,
Pa.

Twak en Bossies

"Susaar, jy sal nie glo wat lees ek vandag nie! Hoe meer dae, hoe meer dinge!" Pa val behoorlik langs my op die tuinbank neer, gretig om, wat klink na 'n belangrike saak, met my te deel.

"Nee, Pa, maar vertel asseblief," antwoord ek, self nou baie nuuskierig.

"Die sterrekykers in Mattheus het intussen name gekry." Pa lag ongelowig en frons terwyl hy sy hoed afhaal en langs hom op die gras neersit.

"Pa?..."

"Aan die een kant sukkel ons om Kersfees uit ons koppe te kry, net om die volgende dag weer te hoor die sterrekykers kom uit Afrika!"

My hart gee 'n sprong agter my ribbes ... net nie weer dit nie.

"Ja, luister, my kind, dis nie al nie. Die slim mense sê glo dit kon Persiese priesters gewees het, mense met bonatuurlike krag en kennis. Ander beweer dat dit towenaars was wat mense verlei het. Waar op moeder aarde gaan dit alles eindig? Kan ons nie maar net glo sonder om te twyfel nie? En die genade vir ons vat nie?"

Sjoe, maar pa is omtrent nou omgesukkel! Ek besluit om nie 'n woord verder te sê nie.

"Maar volgens tradisie, en dit wat jou oupa ons geleer het, is sterrekykers waarskynlik 'n aanduiding van astroloë wat die sterre bestudeer het. Hulle het uit die ooste gekom, op daardie winternag die hemel dopgehou. Die ster het geblink, helder, asof dit vir hulle iets gefluister het, iets wat hulle nie heeltemal verstaan het nie, maar wat hulle al geweet het. In die ou tyd het ons geglo dat die sterre nie net lig aan die hemel was nie, maar ook leidrade. En hierdie drie, hierdie reisigers wat die wêreld om hulle geken het, was daartoe geroep om die waarheid te ontdek, die waarheid wat nie in sterre of simbole gesoek kan word nie, maar in die eenvoud van 'n kind."

Pa ken sy Bybel. Hy lees nog die Hollandse weergawe, maar hy weet nie hoe die Bybel al herskryf is nie.

"Pa," ek weet nie eintlik waar om te begin nie. "Dit is eers in die later tradisie dat die sterrekykers as konings met spesifieke name (Kaspar, Melgior en Balthazar) te voorskyn gekom het."

"Susaar, wat se 'later tradisie' praat jy nou van? Tradisie is tradisie!"

"Pa, gee my 'n kans, luister net eers. Wat Pa sê is waar. En die name is nie belangrik nie. Ek dink wat saak maak, is uit watter streek hulle gekom het ..."

"Ag, dis die grootste bog wat ..."

"Pa! Die drie name is gekoppel aan Afrika, Europa en die mense van die Ooste. Vroeë Middeleeuse legendes het berig dat een van die drie konings wat hulde gebring het aan die pasgebore Christuskind in Bethlehem van Afrika was. Maar dit sou byna duisend jaar duur voordat kunstenaars Balthazar, die jongste van die sterrekykers, as 'n Swart Afrikaan begin uitbeeld het."

Pa snork deur sy neus en mik om op te staan, maar ek hou hom aan sy arm vas. "Pa, luister net klaar."

Pa trek sy arm uit my greep en gaan voor my staan. "Twak! Twak en bossies, Susaar! Dis bull..."

"Pa, bedaar. Kom ons los liewer hierdie gesprek tot pa bedaar het." Ek staan ook op, want ek het my nou liederlik vir pa se geskree vererg.

"Susaar, ek is jammer," sê pa en ek draai terug. Probeer regtig om my geduld in toom te hou.

"Dit is reg, Pa, verandering is vir ons almal moeilik, maar dit help nie ons skree vir mekaar nie. Ek dink net..."

Pa draai om en stop weer. "Nou wonder ek, wat is volgende? Die Bybel sê ons gaan ten gronde weens 'n gebrek aan kennis. Ek weet nie, maar ek wil sê ons moenie te diep krap nie. Kom ons glo soos 'n kind en probeer ten minste om die wet te onderhou, soos Jesus gedoen het."

Pa stap aan windpomp se kant toe. Ek tel sy hoed op en loop agter hom aan, sit dit skeef op sy kop. Hy stop en sit sy arm om my skouers.

"Ons moet net bid sonder ophou, my kind." Hy gee my 'n drukkie en stap verder.

Ek draai om, stap hoenderhok toe om die eiers uit te haal. Ek weet ons het nie klaar gepraat nie.

Dit was al donker toe pa by die kombuisdeur instap, sy hoed agter die deur ophang en 'n stoel uittrek.

"Susaar, ek wil nie verder hoor of redeneer nie. Dit is nie net 'n storie van hoe die sterrekykers die kind gevind het nie, maar 'n verhaal oor die reis na kennis. Oor die erkenning dat ons nie alles weet nie, maar dat ons, net soos die sterrekykers, ongeag wat hul name was en waar hul vandaan gekom het, moet glo soos 'n kind. Die enigste kennis wat ons regtig nodig het, is die kennis van wie ons is in die teenwoordigheid van ons Hemelse Vader."

Ek voel sommer hoe die knop in my keel opstoot na my oë toe.

"En terwyl ons vorentoe beweeg, weet ons: 'n reis na waarheid is nie altyd duidelik nie. Soms is daar net een ster aan die hemel wat ons moet volg, en soms is daar niks anders om te doen nie as om net te glo."

Ek gaan sit op pa se skoot en vee my trane aan sy skouer af. "Dankie, my Pa…"

Turksvye en Tameletjie

Ek haak my arm by Pa in toe ons terugdraai huis toe. Pa het kom kyk hoe ver die turksvye van ryp af is. 'n Lekkerte wat ons almal geniet wanneer dit klaar geskil en yskoud bedien word.

"Ek kan nog steeds nie 'n turksvy skil sonder om dorings in my hande te kry nie" sê ek, Pa skud maar net sy kop en lag.

Hy vertel die storie van die honger rooikopdogtertjie wat deur 'n doringdraad gekruip het om by die winkende nektar van 'n turksvy uit te kom. Opgewonde pluk sy 'n hele klompie. Die vrugte laat haar mond water en sy maak sommer van haar rokkie se skoot 'n mandjie. Terug by die draad moet die kosbare vrag eers neergegooi word, dan weer opgetel word, voordat sy vinnig kan terug huis toe. Sy voel hoe honderde onsigbare dorinkies hul suiers diep in haar brose velletjie insteek. Sy weier nogtans om haar oes weg te smyt. Voel dan hoe die sout van haar trane die dorings wat op haar bolip vergader, aan die brand steek ... en wat 'n tameletjie moes dit wees om daardie dorings uit te kry!

Ek sidder toe ek dink hoe sy van die dorings moes gelyk het, vol van die geniepsige fyn stekels wat oënskynlik onsigbaar word wanneer hulle by jou vel intrek. Maar jy wéét hulle sit daar.

Ek lag uit my maag uit toe pa ook sê sy oupa het die beste raat gehad aan turksvy-eters en -liefhebbers: Eet altyd onewe getalle van die vrug. Dit verminder die gevaar van verstopping, want hulle verlaat dan nié die liggaam twee-twee nie, maar die een skuins langs die ander.

Pa lag saam en vertel verder. As jy weet van die voordelige eienskappe van turksvye en hoeveel siektes en afwykings in die liggaam met die uittreksel daarvan behandel kan word, sal jy nie anders kan as om bewondering te voel vir hierdie gawe van die natuur nie.

"En vir my en jou, Susaar: volgens die algemene opvatting kan ons hierdie plant nie in ons slaapkamer hou nie – dit lei tot eensaamheid."

"Ai, regtig, Pa?!" Ek lag weer, geniet nou hierdie klas oor turksvye sommer baie.

"Het oupa ook 'n plan gehad hoe om vinnig van daardie stekeltjies ontslae te raak? Dit is mos die aakligste gevoel?!" vra ek, steeds dik van die lag.

"Botter of olie, met 'n mes afgekrap. Ons het ook warm kerswas oorgegooi toe ons groter en nie meer so kleinserig was nie. Of ons hande met grond gevryf tot die dorings weg is ..."

Maar Pa het nog nie klaar vertel nie ... hy het 'n storie of 'n les om te deel. Ek ken hom al goed, hy praat sonder 'n punt aan die einde van 'n sin. Hy wag dat ek moet vra.

"Pa?"

"Daar was 'n bord aan die draad vasgemaak waar die kind moes deurkruip: *Toegang verbode. Oortreders sal vervolg word ...*" en dan sagter: "Buite egtelike verhoudings, Susaar ..."

"Pa? Wie nou?" My oë rek en ek gaan botstil staan, kyk Pa vraend-verbaas aan.

"Jy moet liewer vra, wie nié, my kind."

Pa trek my aan die arm en ons stap stadig verder. My gedagtes soekend na die skuldige.

"Dit lyk vir my of dit nou 'n modegier geword het. Saterdag by die mannebraai was daar 'n paar manne wat skuld erken het, sonder om te blik of te bloos. Eerder gelyk of hulle daarmee spog!"

"Ag nee, Pa, was dit nie eerder net 'n gespottery nie? Dalk het hulle te diep in die bottel gekyk?"

"Die grootmonde was onder die prop, ja, maar daar was ook hooggeplaastes wat nie hul verleentheid kon wegsteek nie. Het dit later erken en hulself vrygespreek omdat hul kwansuis weer uitgeklim het ... wat ek nie glo nie. Natuurlik ook hulself weggegee deur hul fone soos goud op te pas."

"Pa, ek dink nie dit is honderd persent korrek om die stelling te maak nie. Ek weet Pa se radars was nog altyd baie perfek ingestel, maar dit is nie iets wat enige man sommer so sal erken nie. Of is dit? Dit is te gevaarlik en kan onnodige hartseer en pyn veroorsaak. Hy gaan op 'n emosionele wipplank ry; sy fondament sal geskud word. Sê nou Pa is verkeerd?"

"Mike wás emosioneel onstabiel en skoon van balans af, en hy het nie 'n druppel alkohol ingehad nie. Sy emosies het gewissel van intense hartseer tot vrees en angs dat Cindy sal uitvind. Ek het self amper 'n traan gestort ..."

"Mike van alle mense! Wat 'n teleurstelling!" Skielik verstaan ek Pa se stilswye van die afgelope naweek. Sy beste vriend se seun en gerespekteerde huisvriende.

"Ek wil niks verder hoor nie, Pa. Moenie my vertel nie." Ek voel self nou lus om te huil. Wat 'n ontnugtering!

"Die storie sal uitkom. Hy moet dadelik bely en bid dat sy hom nog 'n kans sal gee. Cindy sal hom vergewe, ek weet, maar nie as sy dit in die straat moet hoor nie. Sy sal voel sy is in die steek gelaat ... dat sy nie aan sy verwagtinge voldoen het nie."

"So het ek ook vir hom gesê ..." antwoord Pa ingedagte. "Owerspel of egbreuk moet verwerp word, nie net om sosiale redes nie maar ook, godsdienstige, morele en wetlike redes. Dit behels die verbreking van die huweliksbeloftes van getrouheid, vertroue en toewyding."

"Laat die huwelik onder almal eerbaar wees en die huweliksbed sonder verontreiniging."
– Hebreërs 13:4

Sou hy onvervulde begeertes hê, of gebroke beloftes? Wat kan tog die oorsaak wees? Ander mense se boeke bly maar duister om te lees.

My hart huil vir haar. Haar vertroue in hom geskaad. Sy verwag dit nie, en sy verdien dit ook nie. Sy sal moet leer om hierdie teleurstelling te hanteer, wat vereis dat sy haar gevoelens erken en verwerk, verwagtinge aanpas, ondersteuning soek en maniere vind om aan te beweeg. Kommunikasie, kommunikasie en nogmaals kommunikasie!

Toegang verbode! Oortreders sál vervolg word ... Pa is die mees intelligente mens wat ek ken.

Teleurstelling is 'n algemene menslike ervaring wat in verskeie aspekte van die lewe kan voorkom. Om te leer om teleurstelling te navigeer, kan lei tot veerkragtigheid, groei en volwassenheid. Dit is presies waarvoor ek sal bid ... vir groei, ook vir vrede en vergifnis wat alle verstand te bowe gaan.

By die Opsitkers

deur 'n Vrou-met-'n-Wil-van-haar-Eie

Ek het ingeskryf vir 'n moontlike (pen)vriend by '*By die Opsitkers*'. Ek dink dis omdat ek glo aan die soort lig wat nie net die donker verdryf nie, maar ook warm voel aan die binnekant van 'n mens se denke. Dis daardie sagte glans wat jou daaraan herinner dat daar plekke is waar mens nog jouself mag en kan wees – sonder maskers of filters.

Maar, (is daar nie altyd een nie?) spaar my asseblief die kansvatters. Die sluwe, sogenaamde 'kom ons kyk net wat gebeur'-soort mense wat voel hulle hoef nie eerlik te wees nie, net slim genoeg om nie betrap te word nie. Ek is niemand se kans nie. Ek is 'n mens. En nogal 'n komplekse een.

Ek wou nog altyd anders wees. 'n Volgeling van niemand nie – net myself. Ek is nie 'n hakskoen-vrou met 'n Hermès-handsak en 'n uitgewerkte oggendroetine nie. Ek is meer van 'n kaalvoet-loop-op-die-nat-gras meisie, met 'n skewe sin vir humor en 'n hart wat maklik te veel voel. Ek is 'n ongewone interpretasie van 'n vrou wat probeer om sin te maak van 'n wêreld wat baie keer sin verloor het.

Gee my 'n diep gesprek bo 'n oppervlakkige flirt. En asseblief – moet nie die oogkontak vergeet nie. Dis daar waar mens sien of iemand nog lewe, regtig lewe. Dis daar waar eerlikheid stil lê en asemhaal tussen mense. Mense dink dikwels ek is sterk – dalk omdat ek erg is oor my waardes – maar die waarheid is, ek het net besluit ek gaan eerder seerkry vir wie ek regtig is, as geliefd wees vir iemand wat ek nie is nie.

Ek wil buite die boks leef. Ek wil my eie boks bou, met vensters en plant-rakke en plek vir vriende met snaakse idees. Maar ek wil ook leef met integriteit. Dis 'n woord wat party mense nie meer ken nie, dit klink soms so ouderwets soos 'morele kompas' of 'lojaliteit'. Maar vir my is dit goud. Dis my rigtingwyser wanneer alles anders begin draai en flikker en vibreer. Ek wil eerlik wees – nie perfek nie – maar konsekwent, reguit, sonder agterdog.

Klink dit na 'n tameletjie?

Dis nie altyd maklik om my te verstaan nie. Ek weet dit. Ek gebruik te veel woorde, ek praat in metafore, ek lag op onvanpaste tye en ek kan jou dophou terwyl jy my probeer lees soos 'n boek sonder hoofstukke. En as jy my verkeerd verstaan, o, dan probeer ek vinnig verduidelik. Gewoonlik sonder om kwaad te raak. Maar daai deel is dikwels 'n mislukking. Want mense hoor nie altyd wat jy regtig sê as hulle net luister om te antwoord nie.

Ek is 'n mengsel van dorings en heuning, van vashou en laat gaan, van storms en stilte. 'n Turksvy én 'n tameletjie. Ek krap as jy my nie versigtig pluk nie. En ek moet erken ek plak vas as jy my probeer los wanneer ek nie wil hê jy moet nie.

Ek wil hê jy moet my hoor, nie net hoor dat ek praat nie. Hoor wie ek is, sonder om my te probeer verander. Ek is nie gebore om in te pas nie, maar om uit te staan. Ek wil leef met passie, en lag; daai tipe lag wat jou maag laat pyn en jou siel lig laat voel. Ek wil huil sonder skaamte, en groei sonder om my wortels te verloor.

Ek wil onthou hoe dit voel om ek te wees sonder vrees. Om sag te wees sonder skuld. Om 'n vrou te wees sonder dat ek aan iemand se verwagtinge moet voldoen.

Ek weet nie altyd alles nie. Maar ek het van een ding seker gemaak: ek is nie 'n kopie nie.

Moenie vir my vra wat ek doen nie, vra wat laat my voel. Moenie my toets nie, vertrou my. Moenie my probeer stilmaak nie, luister eerder. Ek gaan jou dalk frustreer met my idealisme en my oordrewe eerlikheid. Ek gaan nie altyd sag wees nie, maar ek sal altyd reg probeer wees. Ek het foute, 'n hele kas vol. Maar ek dra dit soos juwele: elkeen wys waar ek 'n stukkie menswees geleer het.

So, ja. Hanteer my versigtig. Of los my uit. Moenie maak asof ek net nog 'n naam op 'n lys is nie. Ek is nie 'n kans nie.

Ek is 'n keuse.

As jy moet weet ... Ek hou van 'n man wat sy man kan staan. Nie 'n ruggraat van spons nie. 'n Regte mens met 'n regop ruggraat en 'n sagte hart, want hardheid sonder empatie is net emosionele onvolwassenheid met biseps.

Geen boep nie, asseblief. Ek's nie oppervlakkig nie, ek's prakties. As ek jou nie kan vashou sonder dat my arms om jou bierpens pas nie, gaan ek dalk eerder die kat vashou. En rook? Nee wat, jammer. Ek slaap nie langs 'n skoorsteen nie. Ek wil drome inasem, nie teer en nikotien nie.

En eerlikheid, dít is nie onderhandelbaar nie. Jy kry een kans. Een. As jy vir my lieg, sal jy uitgevang word. Glo my. Ek is soos 'n bloedhond met 'n sesde sintuig en 'n bietjie trauma-respons wat my instink fyn ingestel het. Ek voel leuens in my maag, soos 'n slegte stukkie sushi. En dis net so giftig.

Jy moet vir jouself kan sorg. Ek het nie 'n projek nodig nie. Ek soek 'n vennoot. Ek het nie lus om jou ma te wees nie, ek's alreeds besig om my eie siel bymekaar te hou. Jy moet weet hoe om jou eie emosies, finansies en skottelgoed te hanteer. As jy dít regkry, sal ek jou met lojaliteit kan liefhê wat jy nie sal kan koop of manipuleer nie.

Ek soek 'n priester én 'n profeet. Iemand wat my siel respekteer én my visie ondersteun. Iemand wat kan staan in die gapings van die lewe en sê: "Ek's hier." Nie net vir my nie, maar ook vir homself. Nie perfeksie nie. Integriteit.

Ek glo eintlik nog aan liefde. Nie die flou, gerieflike soort wat kom met emoji's en 'Ek mis jou' sonder optrede nie. Ek praat van die soort liefde wat stil is wanneer dit moet luister, en luid is wanneer dit jou moet verdedig.

Ek glo aan daardie man – nie volmaak nie, maar werklik. 'n Man wat weet wie hy is, en tog elke dag bereid is om beter te wees. Iemand wat sy eie seer ken, maar dit nie op my aflaai nie. Wat my nie vrees vir my vuur nie, en my nie straf vir my stilte nie.

Ek glo aan iemand wat my sal sien, nie net my liggaam nie, maar my skadu's ook. Wat sal verstaan dat ek nie altyd maklik is nie, maar altyd eg. Wat weet ek is deel turksvy en deel tameletjie – en steeds kies om te bly.

Ek glo aan 'n liefde wat bid en lag, wat in my oë kyk en nie wegskram nie. Wat sal help bou, nie breek nie. Wat nie vra dat ek kleiner moet wees sodat hy groter kan lyk nie.

Ja, ek's baie dinge. Soms te veel, soms te sag, soms te luid. Maar ek's gereed vir die een wat nie bang is vir 'n vrou wat leef met oorgawe nie.

Ek wag nie op 'n ridder nie.

Ek wag op 'n regte mens.

En wie weet?

Miskien wag hy ook.

Lied van die Maan en eie Beminde

Toe die aandwind gaan lê en die sterre stadig hul oë oopmaak, lê ek alleen op my bed. Die kamer is stil, net die sagte geruis van naggeluide buite. Die maan hang bo my venster soos 'n herder wat waghou oor sy skape: wit, wys, teen die fluweel van die hemel. Ek kyk na haar soos 'n kind na 'n moeder, of dalk eerder, soos 'n geliefde na 'n vertroueling.

"Liewe maan," fluister ek, "jy seil so stil deur die awendwolke. Jy's kalm ... jy's rustig ... Was ek maar soos jy — sonder 'n storm in my hart."

Ek draai op my sy, en die maanlig speel soos sagte vingers op die muur. Sy weet. Ek glo dit met elke asemteug. Want ek het mettertyd geleer dat sy alles sien, elke traan, elke heimwee sonder taal. My verlange lê oop soos 'n tuin sonder heining, en die maan is die enigste een wat daardeur wandel sonder om iets te beskadig.

Ek het hom die eerste keer onder 'n ou akkerboom ontmoet. Dit was laat lente gewees, die lug swaar van bloeisels en beloftes. Hy het my hand vasgehou toe ek my enkel op die paadjie verstuit. Dit was so eenvoudig. En tog, iets het in daardie oomblik onherroeplik verskuif. Ek het gevoel hoe die wêreld asem ophou. Hoe die maan agter wolke skuil, asof sy skaam is vir die intensiteit van wat tussen ons gebeur.

Ons het gepraat oor wyn, musiek, die sterre. Hy het gelag soos iemand wat lanklaas werklik vreugde geken het. En ek, ek het begin glo dat daar iets heiligs is aan aanraak.

Maar liefde, het ek besef, is nie altyd 'n reguit pad nie. Sy werk het hom geneem na 'n ander land, 'n tydsone weg van my drome. Eers was daar briewe, e-posse en toe stiltes. Ek het aangehou hoop. Hy't gesê hy kom terug. En die maan het elke nag in haar koue lig daardie belofte gehou.

Nou lê ek in die stilte van sy afwesigheid, en praat met die een wat nooit weggaan nie, wat altyd daar is vir my. Jy sien my trane, o maan. Ek vertrou jou met my smarte. Jy is die getuie van my verlange — die een wat weet wie dit is wat my siel laat bewe.

Ek vou my vingers om die herinnering van sy stem, sy lag wat oor my spoel soos wingerd-wyn in 'n silwer beker. Ek sien weer sy profiel teen die skemer, sy hand wat deur sy hare vee, die fyn rimpeltjie by sy oë as hy glimlag.

Ek roep, soos die bruid van lank gelede:
"Sê vir my, o jy wat my siel liefhet,
waar laat jy jou kleinvee rus?"
(Hooglied 1:7)

En asof in antwoord, bring die maan 'n droom.

Hy kom nader, soos 'n geurige wind oor die heuwels. Ek hoor sy voetstappe tussen die bome. Ek voel sy oë op my soos sagte reën.

Ek gooi 'n klippie teen jou venster, fluister hy, en loer deur jou gordyne. My hart is reeds by jou. Ek het besluit:

Vanaand neem ek jou vir 'n piekniek op die maan.

Ek staan op, trek my sluier aan. Ek stap deur die tuin van granaatbome, waar die bloeisels fluister in die wind. Die maan is my lamp, en liefde is my gids.

In ons geheime plek onder die sipresbome, wag hy. Hy neem my hand soos Abraham die sterre getel het — een vir elke droom, elke wag, elke hoop.

Hy fluister: *"Jy is mooi, my liefling – jy is sonder gebrek."* (Hooglied 4:7)

En ek antwoord, sonder vrees: *"Ek is van my geliefde, en sy begeerte is na my."* (Hooglied 7:10)

Ons sit saam op die maan – nie met liggame nie, maar met siele. Die maan se oppervlak is glad, stil, silwer. Daar is geen tyd nie, net nabyheid. Hy bring 'n mandjie gevul met onthou en hoop. Ek bring my stilte en my sang. Ons deel dit sonder woorde.

Die nag draai ons toe soos in 'n mantel. Die wind hou asem op. Alles word heilig in daardie oomblik van eenheid.

"Plaas my soos 'n seël op jou hart, soos 'n seël op jou arm. Want liefde is sterk soos die dood, en hartstog onversetlik soos die doderyk." (Hooglied 8:6)

En toe kom dagbreek.

Hy kyk my in die oë en sê sag: "Ek is nooit ver nie."

Ek word wakker met die maan wat stadig verdwyn, bleker nou in die blou oggendlug. Maar sy was hier. En hy was hier. In gees. In waarheid. In liefde.

Ek weet: ons piekniek op die maan het werklik gebeur —

nie in vlees nie, maar in gees; nie in tyd nie, maar in ewigheid.

Reën in Ink

"Mag ons nooit bang wees om sopnat te reën
Mag ons lag asof môre sal wag
Ons doen soms goed in die sonskyn
Maar ons kort somtyds die reën
Die sonskyn én die reën"

Elke keer as dit reën, skryf sy. Nie e-posse of WhatsApp-boodskappe nie. Regte briewe. Op ou papier van lank terug, met blou ink en foute wat sy nie regmaak nie. Dit het begin toe sy dertien jaar oud was, ná haar ouma se dood. Haar ouma het gesê, "Reën is God se manier om ons saggies daaraan te herinner dat ons nog kan voel."

Nou, jare later, sit sy op 'n bankie by die ou treinstasie met 'n termosfles rooibostee en haar briewetas. Die reëndruppels speel op die sinkdak en vensters van die kafee wat eens was.

Sy vou die brief stadig toe, met 'n stukkie seëlwas op. Geen naam op die koevert nie. Sy plaas dit in 'n krakie onder die houtbank — haar geheime posbus.

Wat sy nie weet nie, is dat iemand anders die reën ook begin liefkry het. En elke keer as dit begin drup, gaan hy terug na dieselfde bankie toe. Om te lees wat die reën vir hóm gelos het.

Die eerste keer toe hy een van die briewe kry, het hy eintlik net skuiling teen die reën gesoek. Die soort reën wat mens dwing om stil te staan, swaar reën wat jou klere binne sekondes papsopnat maak. Hy het op die ou bankie onder die afdak gaan sit toe sy hand per ongeluk teen iets geraak het ... hy het dit uitgehaal: 'n brief, sowaar met seëlwas en al, papier met 'n handskrif wat beslis nie vinnig geskryf is nie, maar stadig, doelbewus, soos kalligrafie ...

Hy wou dit nie lees nie. Dis mos nie syne nie. Maar sy nuuskierigheid het die oorhand gekry, dit was sterker as goeie maniere.

Daar was niks persoonlik daarin geskryf nie — geen naam, geen adres, geen afsender. Net woorde wat gevoel het soos 'n lig in die donker.

Vandag het die reën soos spyt gevoel. Ek weet nie waarvan nie. Net ... spyt. Ek het aan iemand gedink wat ek nie geken het nie, maar tog verlang ek na hom. Glo jy dis moontlik om iemand te mis wie jy nog nooit ontmoet het nie?

Hy het die brief weer netjies op sy plek teruggesit.

Maar toe dit weer reën, het hy teruggekom.

Hy kon dit eers nie aan homself erken nie, maar iets aan daardie briewe het aan hom begin vasklou. 'n Stil, soort van samesyn. Die tipe wat nie vrae vra nie, net luister.

En toe begin hy terugskryf. Hy het nie geweet of sy dit sou kry nie, maar dit het reg gevoel.

Hy het die brief op dieselfde plek gelos. Geen naam, net:

Ek dink dis moontlik. Ek weet nie hoe jou stem klink nie, maar ek hoor jou ... elke keer as dit reën.

Haar brief:

Vandag voel die reën soos iets wat nie wil ophou nie. Soos daardie soort verlange wat bly sit tussen jou ribbes. Ek het sop gemaak en dit alleen geëet. Dis nie eensaam nie. Dis net ... stil. Dis in hierdie stilte dat ek aan jou dink – jy, wat ek nie ken nie, maar aanhou skryf vir wie ek nie moet nie. Ek wonder of jy ooit die reën dieselfde hoor soos ek. Of jou hart ook stiller klop wanneer dit teen die vensters tik. Dis snaaks hoe 'n onbekende veilig kan voel. Dis jy, daardie veiligheid. Ek hoop jy't vandag jou skoene uitgetrek en op die nat gras geloop. Ek hoop jy't gelag, sonder rede. Want iemand moet.

Sy brief:
Ek het vanaand in die reën gestaan. Net gestaan. Ek dink ek het jou probeer hoor. Jy't gesê die reën voel soos spyt. Vir my voel dit soos geheue. Asof elke druppel iets onthou wat ek vergeet het. Ek weet nie hoe jy lyk nie, en dis vreemd hoe min dit my pla. Jy't vir my geword soos 'n boek sonder 'n titel; ek lees jou stadig, versigtig, bang ek verloor die betekenis as ek te vinnig gaan. Ek weet net, iets in my word stiller wanneer ek jou woorde lees. En ek sien jou, nie met my oë nie, maar met daardie plek waar verlange woon.

Haar brief:
Jy't gesê ek's soos 'n boek sonder 'n titel. Jy het geen idee wat dit aan my doen nie. Ek het jou woorde drie keer gelees, stadig, soos iemand wat bang is hulle is besig om te droom. Ek wens ek kon jou hand in myne plaas, nie vir romanse nie, net om te voel of jy regtig is. Is jy regtig? Of is jy net 'n reëndroom wat ek maak met ink en papier? Ek sal môre weer skryf. Solank dit reën, sal ek bly skryf. Sal jy?

Sy brief:

Ek is bang vir hoe rêrig jy begin voel. Ek kyk nou anders na die lug; vra amper vir die wolke om nog 'n dag se reën te gee. Net een brief meer. Jy vra of ek regtig is. Ek is self nie seker nie. Jy het my kom wakker maak, half laat verdwaal. Ek dink ... ek wil jou eendag sien. Sonder dat jy iets sê. Ek sal weet dis jy. Ek sal jou herken aan hoe jou oë na die reën kyk.

Haar brief:
Ek gaan môre nie hier wees nie. Ek weet nie of dit weer sal reën voordat ek terugkom nie. Miskien is dit hoe die storie eindig: sonder 'n antwoord, maar met 'n oop hand. Ek wil net hê jy moet weet – jy het iets in my laat groei. Stil. Soos mos op klip. Ek sal altyd reën hoor met jou naam in die agtergrond al weet ek nog nie wat dit is nie. Dis genoeg. Vir nou. En as jy ooit iemand sien wat bly staan in die reën sonder sambreel, asof hulle luister na iets wat net húl kan hoor... dalk is dit ek.

Die Oomblik:
Dit was nie 'n stortreën nie, dit was sag genoeg om in te loop, swaar genoeg om jou stadig deurweek te laat. Hy het nie gedink vandag gaan die dag wees nie.

Sy ook nie.

Maar hulle was daar. Dieselfde ou treinstasie. Dieselfde bankie.

Sy het eerste gekom. In haar hand was nog 'n brief, nie haar mooiste een nie. Sy het gedink dis dalk haar laaste. Toe sien sy hom. Met sy hande in sy jas se sakke, sy hare klam, sy oë op die grond. En toe kyk hy op.

En hulle wéét.

Hulle het nie nodig gehad om name uit te roep of mekaar te vra of hulle dalk die een is wat ... nie. Dit was net die stil herkenning van iets wat lankal begin het, en nooit raakgesien was nie.

Hy stap stadig nader. Sy hou die brief nog in haar hand vas. Hulle staan 'n meter van mekaar af, en die reën doen sy eie sagte dans tussen hulle.

"Ek het gewonder hoe lank nog," sê hy.

"Ek het gedink jy's dalk net reën," fluister sy.

Hy glimlag. "En jy ... papier met 'n hartklop."

Sy gee die brief vir hom. Hy vat dit nie dadelik nie, kyk net eers in haar oë, hulle blink nie van die reën nie. Dis iets anders?

En toe sit hulle. Saam. Op 'n ou bankie, in die reën.

Geen sambreel. Geen haas.

Net hulle twee. En die reën.

Sy laaste brief:

Jy.

Ek het al honderde briewe vir jou geskryf sonder dat ek jou naam ken. Vandag gee ek vir jou net een, en ek wil hê jy moet dit hardop lees in jou hart, nie fluister nie. Ek wil hê jy moet weet: ek het jou nie net in die reën gevind nie. Ek het jou in myself ontdek.

Jy is die stilte ná donderweer, die sagtheid van eerste lig. Ek het nie geweet ek het iemand gesoek nie, totdat ek jou woorde begin lees het – daardie sagte, dapper ink van jou. Jy het 'n huis in my hart geword lank voordat jy hier kom sit het.

Ek het na jou verlang voordat ek geweet het jy bestaan. En noudat jy bestaan ... wil ek nie hê jy moet wegraak nie.

Ek wil hê jy moet vir my skryf, ja, maar ook met my praat. Ek wil hê jy moet saam met my lag, hardop. Ek wil hê jy moet jou hande in myne sit, sonder rede, net omdat dit lekker is om iemand se warm teenwoordigheid vas te hou.

Ek hoop, na vandag hoef ek nie meer na jou te soek nie. Ek hoop jy gaan daar wees. Regtig in lewende lywe. Nie net in ink nie, nie net in drome nie.

As jy my ooit mis, lees dan weer hierdie brief. Nie omdat jy my woorde moet onthou nie, maar omdat jy moet onthou hóé jy gevoel het toe jy hulle lees.

Ek hoop om nou my pen neer te sit. Die storie is wel nie klaar nie, maar omdat jy nou langs my sit, is dit genoeg!

Nou is daar niks meer om weg te steek nie. Net ek en jy en hierdie brief – en alles wat kom ná die laaste punt ...

Nadat sy die brief gelees het, vou sy dit stadig toe ... met 'n sagte glimlag en oë wat blink.

En toe vat sy sy hand.

En vir die eerste keer in 'n lang tyd, is daar geen brief nodig nie.

Net reën. En mekaar se teenwoordigheid.

Parkeer jou lewe in die Son

Niemand het vir haar gesê hoe stil die huis gaan wees nie. Nie ná die laaste boks uitgedra is nie, of ná die hofdatum nie. Ook nie ná die laaste, gedempte "voorspoed" tussen twee mense wat niks meer gehad het om vir mekaar te sê nie.

Annelie het gewonder of daar 'n geluid is vir 'n hart wat stadig afskilfer. Dis nie soos 'n skop of 'n sirene wat afgaan nie. Dit is 'n sagte, aanhoudende gekraak – soos iets wat lankal moes skeur, maar nou eers laat los.

Die sonneblom het op 'n Vrydag gekom. Sonder klokkie, sonder klop. Sy het dit op die stoep gesien toe sy van die werk af kom. Een enkele blom, 'n pakkie saad en 'n bakkie druiwe in bruinpapier toegedraai, vasgebind met gewone tou. Daar was 'n briefie by.

Ek bring vir jou 'n sonneblom uit Bethlehem.
En gee dit water op Bloemfontein.
Uit Hanover bring ek kappertjiesaad.
Uit die tuin van nr. 3 Darlingstraat.
En hanepootdruiwe uit die Paarlvallei.

Sy't op die stoeptrappie gaan sit met die briefie in haar hand. Die woorde was nie onbekend nie. Dit is Laurika Rauch, haar gunsteling sangeres. Met haar ma se handskrif. En dis haar ma se manier van doen en skryf – half-gedigte, half-gebede. Alles het altyd teruggekeer na die aarde, na die son, na dinge wat groei.

Daardie aand het sy die sonneblom in 'n leë koffiebeker gesit met kraanwater. Sy't die druiwe, wat in bruinpapier by die blom was, een vir een geëet voor sy gaan slaap het. Geen televisie. Geen musiek. Net stilte. Maar die goeie soort.

Sy't haar ma die volgende dag gebel, niks, en toe 'n stemnota gelos. Haar ouers is op 'n toer deur die Karoo – iets oor 'n plaasmark en sterre kyk in Sutherland. Die stilte in haar woonstel het skielik nie meer so dreigend gevoel nie. Iets het verander.

Sy het die volgende oggend 'n ou teekoppie geneem en die kappertjiesaad daarin geplant. Dis niks groot nie. Net 'n klein begin. Maar dit het gevoel soos iets. Sy't die venster oopgemaak, die koffiebeker met die sonneblom nader aan die son geskuif, en toe net gesit en kyk.

Dis toe sy weer die stem van haar ma in haar gedagtes hoor: "Het jy vergeet van die liefdesverhouding tussen die son en die sonneblom? Sy kan nie haar oë van die son af hou nie."

Annelie het haar ken opgelig.

Daar was dae wat donker gebly het. 'n Egskeiding, al is dit reg, sny op plekke waar mens nie woorde voor het nie. Sy het soms in die oggend opgestaan en nie onthou hoe sy aan daardie kant van die bed gekom het nie.

Toe die kappertjies begin uitloop, het sy stadig weer in roetine gekom. 'n Bietjie tuingemaak voor werk. Vars kruie in haar aandete, in mooi borde opgedien. Musiek in die kombuis, en sy het alleen gedans.

Sy het haarself weggehou van skadelike dinge en mense af; van die groepie vriendinne wat net oor mans kla en skinder; van haar eks se Instagram; van die ou teksboodskappe wat sy steeds gereeld gelees het, asof dit antwoorde sou gee.

Beweeg aan, het haar ma altyd gesê. Kyk verby jou moeilike tydperk van ontbering, probleme en onsekerheid. Ontsnap van die donker. Kry jouself uit daai negatiewe gedagtes en draai jou kop na die lig.

Op 'n dag, 'n Sondagoggend, het sy vir die eerste keer weer kerk toe gegaan. Nie na haar ou gemeente waar almal haar sou aankyk nie. 'n Klein geboutjie met 'n kerksaal, plastiekstoele en mense wat haar nie geken het nie. En tog het iets aan die eenvoud, aan die openhartigheid van vreemdelinge, haar laat huil op plekke wat baie lank toegesluit was.

Sy het begin dagboek hou. Net een sin per dag geskryf.

"Ek het die sonneblom vandag in 'n groter pot uitgeplant."

"Ek het brood gebak en dit met botter geëet toe dit nog warm was."

"Ek het vandag vir God dankie gesê ... sonder woorde."

Toe die lente kom, het haar balkon anders gelyk. Die sonneblom was nou regop, sterk. Die kappertjies het blomme begin wys. Haar buurvrou het gesê: "Dis mooi, jy moes 'n tuinier gewees het." Sy het maar net geglimlag.

Maar dit was meer as mooi. Dit was heilig.

Want sy het geleer 'n sonneblom kan op die ashoop staan sonder om neer te kyk na die vuilgoed aan haar voete. Haar kop altyd gedraai na die warmte van die son.

En sy het dit begin doen ook – haar gesig gedraai na lig. Na nuwe moontlikhede.

Sy het weer begin lag. Só onverwags het dit gebeur, dat dit haar laat skrik het.

Een oggend het sy 'n kaartjie gekoop. 'n Bruin een met 'n sonneblom op. Sy het nie baie woorde geskryf nie. Net:
Mag God se warmte jou ook so trek.
Dat jou oë altyd op HOM gevestig bly.
En jy Sy skoonheid aan die ashoop van die wêreld sal vertoon.
Kyk altyd met verwagting op na HOM.
Sy het dit anoniem gepos. Aan iemand wat sy elke oggend by die busstop sien sit het met dowwe oë en hangskouers. Net *Lelanie, Corner Station & Langenhoven* op die koevert geskryf.

Want die son draai nie net om een vrou nie. En sonneblomme wys altyd vir ander waar dit lig is en waar die son skyn.

Flippen Hels Bells en Stofkoffie

Ek skryf soos ek praat. (Ek is nie 'n woordeboek op stelte nie). Want in my eie stem hoor ek die storie die duidelikste. Dis nie 'n styl nie – dis instink. Dis hoe my ma my verstaan, en hoe ek 'n storie vir my kleinkinders sou vertel. Ek gooi 'n "flippen hels bells" in as ek skrik, en "ag, toe nou man" as iemand oordryf. Ek is nie besig om my skryfstyl in 'n museum te bewaar vir nageslagte met vergrootglase nie. Ek skryf vir mense wat nou lewe, met ore wat hoor en hou van lag; harte wat verstaan.

My eerste bundel het 'n paar fiktiewe hervertellings van Bybelverhale en eie preke ingehad; fiksie, ek het dit duidelik gesê. Maar toe vra iemand of ek nou die Bybel probeer herskryf. Net so. 'n Vraag wat klap soos 'n koue vis in die gesig. Vir 'n oomblik het ek gedink om die boek te onttrek. Stil-stil weg te raak. Want wie is ek dan om só te wil skryf?

Maar toe onthou ek dis fiksie. En dat ek nooit gesê het ek skryf om reg te wees nie. Ek skryf om iets oop te maak. 'n Venster, 'n hart, dalk 'n wond wat al te lank toegegroei het en dalk infeksie kan kry. Daai opmerking, snaaks genoeg, het toe geword wat elke skrywer stil voor hoop: 'n uitdaging. Nie om te wys ek is reg nie, maar om te wys ek skryf omdat ek móét. Al maak dit mense ongemaklik. Al is dit nie hoe hulle gewoond is om Afrikaans te hoor nie.

Nou is daar natuurlik ook daardie spesie wat glo skryf moet klink soos 'n simfonie van sintaktiese presisie: elke woord 'n monument, elke leesteken 'n Latynse koorgedeelte. Jy weet, daardie tipe wat sê:

"In die poststrukturalistiese konteks van hedendaagse narratief-diskoerse, manifesteer die subjek as 'n semantiese konstruk binne die hegemoniese raamwerk van linguistiese performatiwiteit."

"Wat?!"

Oom Langenhoven, die man met sy kas vol woorde en sak vol humor, het gesê jy moenie mense se ore moeg maak om hul harte te bereik nie. Ek stem vir seker saam met hom.

Ek dink toe ook aan sy mot en sy kers. Die mot vlieg nie na die kers toe omdat dit slim is nie. Hy vlieg omdat hy nie anders kan nie. Dis iets in hom. Soos skryf in my. Al skroei dit soms my vlerke.

Ons bly by Oom Langenhoven: *"Hou jou glimlag vir jou vyand, jou trane vir jou vriend, jou hart vir jou ewemens, jou oordeel vir jouself, en jou gewete vir jou God. (Hou jou vermoë, hou jou geloof, hou jou naam, hou jou skoon, en hou jou bek)."*

Ek skryf soos ek praat. Want dis hoe ek leef. Dis hoe ek onthou. Dis hoe ek verstaan. En as iemand eendag my woorde lees en dink: "Dis nou presies hoe my pa sou gepraat het," of as jy 'n bietjie van jou eie ouma, dorp, of kinderjare in my geskriffies kan hoor of raaklees – dan het ek gedoen wat ek moes.

My taal het modder aan die tone en son op die skouers. Dis nie altyd netjies nie, want dis in my eie stem dat ek die storie reg hoor. Met die taalfoute, die lag, die stiltes tussen die lyne. My Afrikaans kom nie uit 'n handboek nie – dit kom van die stoep af, met 'n koppie stofkoffie (ek is nie 'n koffiesnob nie) in die hand en musiek in die agtergrond.

Ek skryf soos ek praat, want dis hoe my mense my verstaan. Dis hoe ek geleer het om lief te hê. Dis hoe ek rou. Dis hoe ek lag. My woorde het stof aan die hakskene en herinneringe onder die naels.

En as jy daarvan hou ...

Dan was ek die kers.

En jy, dalk, die mot.

Ek het Hom laat gaan

Toe Henog met God gewandel het, het almal gekyk. Maar toe hy verdwyn, het niemand gevra: "Wat het van Edna geword?" nie. In hierdie fyn verweefde hervertelling kry die vrou van Henog 'n stem. Edna – moeder, tuinier, luisteraar van drome – leer om tussen grond en hemel te leef. Sy hoor die stemme wat ander ignoreer, en dra 'n waarheid wat nie geskryf is nie, maar gewandel word.

In 'n wêreld waar reuse op aarde geloop het, en engele geval het, kies Edna om nie vrees te dra nie, maar geloof. Hierdie is haar verhaal – die vrou wat nie agtergebly het nie, maar voorwaarts gestap het.

"Ek het hom laat gaan," sê sy. "Nie omdat ek moes nie. Maar omdat ek geweet het Wie hom roep."

Edna is in haar tuin. Sy praat saggies met God, soos Henog haar geleer het. Sy dink terug aan hul jong dae, hoe hy haar ontmoet het, hoe vreemd sag sy hom altyd gevind het teenoor ander mense, ook met die kinders.

Die wind ruik anders vanoggend. Sy voel hoe iets of iemand liggies aan haar skouer raak toe sy haar hande in die grond van haar kruietuin indruk: laventel, roosmaryn, 'n bietjie heuningbossie. Die lug is helder, maar drukkend van iets onsigbaars. Henog het weer verlede nag wakker geword van 'n droom. Hy het na haar gekyk, sy hand om hare gevou, en gefluister: "Hy roep my, Edna." Sy het geweet, sonder om iets te sê, dat hierdie nie 'n gewone dag sal wees nie.

Sy onthou hoe hy met haar gepraat het oor drome, visioene en God se stem. Mense het hom uitgelag. Maar nie sy nie. Sy het gesien hoe iets in sy oë gloei wanneer hy van God praat. Hulle kinders het hom aanbid. Hulle huis was vol vrede, al was die wêreld daarbuite ongenaakbaar. In daardie dae het Henog begin droom. Hy het saans regop gesit en geprewel, soms hardop, dikwels in tale wat sy nie verstaan het nie. Een aand het hy vir haar gefluister: "Ek het reuse gesien, Edna. Mensekinders, groter as bome, met oë soos vlamme. Hulle het gekom uit verbode eenheid tussen engele en vroue…"

Sy het hom vasgehou daardie nag. Haar arms styf om hom gevou, haar asem kort. Sy was bang. Maar hy nie. "Hulle kom nie naby dié wat met God wandel nie," het hy gesê. "Hulle vrees Sy stem meer as enigiets anders."

Henog het baie vertel van die oorsprong van demone en reuse, die val van sekere engele, en ook 'n verduideliking oor hoekom die sondvloed moreel noodsaaklik was.

'n Groep engele wat van die hemel af neergedaal het op die berg Hermon het bekend gestaan as die **Wagters**. Hulle het menslike vroue geneem en kinders by hulle verwek – die **Nephilim** (reuse). Hierdie reuse was gewelddadig en het die aarde gevul met korrupsie, bloedvergieting, en goddeloosheid. Dit was een van die redes waarom God die sondvloed gestuur het.

Hy het ook 'n profetiese uiteensetting van die 1 000 jaar lange heerskappy van die Messias gegee en het voorspel dat *daar 'n tyd van oordeel oor gevalle engele en goddelose mense, en 'n ewige koninkryk vir die regverdiges sal kom.* Niemand kon hulself indink in die gebeurtenisse nie.

Selfs sy het soms gewonder of hy nog by sy volle verstand was. Driehonderd-vyf-en-sestig jaar is lank om drome te dra.

Op 'n dag sê Henog weer vir haar dat hy voel God gaan hom kom haal. Hulle het gesit en gepraat tot laatnag. Die volgende oggend het hy haar vir die laaste keer omhels, styf vasgehou. En toe ... was hy nie meer daar nie. Geen liggaam, geen graf, net stilte en die reuk van mirre. Edna het sonder 'n geluid toegelaat dat die trane oor haar wange loop.

Sy het geglo wat Henog altyd gesê het: dat God hom sal neem om aan die ander kant te dien. Nie net as 'n engel nie, maar as die een wat by die Troon self staan, tussen die heiliges, die aartsengele, die geheime van God. "Ek sal weer praat," het hy gesê. "Maar nie met mense nie. Met engele."

Edna roep die kinders nader. Sy moet verduidelik wat gebeur het. Sy voel hartseer, ja, maar ook vrede. Sy sê vir hulle: "God het hom geneem omdat Hy hom liefgehad het."

Metusalag en Rigim was ontsteld, maar hulle het geweet. Hulle het geweet wat kom, lank voor dit gekom het.

Edna begin self elke dag in die tuin wandel. Nie om Henog te volg nie, maar om God self te leer ken. Sy werk met kruie – laventel, roosmaryn, heuningbossie. Die aarde gee terug wat die hemel geneem het. Die geur, die grond, die stilte tussen windvlugte – dit is nou haar taal met God.

Henog is in die hemel. Sy is op die aarde. Maar hulle is nie geskei nie. Nie werklik nie.

God het hom teruggestuur om hulle te kom waarsku, ja, om te vertel van reuse en engele, van oordeel en heerlikheid. Maar ek... ek was die een wat agtergebly het om te bly luister. Ek het nie profeties gespreek nie. Ek het onthou. Ek het onthou vir die kinders. Ek het onthou vir die wêreld.

En wanneer die nag stil is, en die sterre soos asem bo haar tuin beweeg, sê sy weer: "Ek het hom laat gaan. Nie omdat ek moes nie. Maar omdat ek geweet het: wie God volg, kom nie alleen terug nie."

Miere Meraiki

Selfs al is daar 'n moegheid in my, is daar ook 'n begeerte om sinvol te werk, en om selfs gewone take met 'n innerlike oorgawe aan te pak. "Meraiki" beteken om iets met siel, passie en liefde te doen...

Die huis is stil. Gaste is weg, die laaste klanke van lag en stories nog vaag teen die mure. Al wat oorbly, is stof – 'n fyn lagie herinnering wat op die teëls lê saam met 'n paar kaalvoetspore. My poging om vooraf alles skoon en netjies te kry, het halfpad gesneuwel. Maar ons het heerlik gekuier. Dít tel mos meer.

Die wasmasjien se piep ruk my uit my herinneringe. Ek hang die lakens in die son op – drie groot stukke lap tussen my en die grensmuur. 'n Tydelike gordyn. Aan die anderkant bloei die bougainvillea ongeërg, soos iemand wat nie glo aan seisoene nie. Aan my kant is daar broodbome en 'n reuse monstera met sy wye, glansende blare wat lyk soos oop hande. Onder die afdak is die mossies besig met 'n nes. Drie van hulle – twee mannetjies en 'n wyfie. Hul klein vlerke flits tussen droë takkies en stukkies groen varing. Die stoep is vol gemors. Ek sug, maar daar's tog iets mooi in hulle ywer, hul doelgerigtheid.

Ek dink aan die vullissakke wat wag. Dis nie net die reuk wat my hinder nie, dis die simboliek: dinge wat ophoop wanneer ek nie beweeg nie. En toe dink ek aan daardie Bybelvers: "Gaan na die mier, luiaard, kyk na sy weë en word wys..."

Dit gaan egter nie net om die werklus van die miere nie, maar dit gaan ook oor die tydstip waarop hulle hul kragte aanwend. Dit is in die somer, as die oes op die land is. Juis dan is die miere besig om hul kos te versamel. Dalk is daar later niks meer op die land te kry nie, daarom werk hulle nou so hard. Op hierdie manier sal daar volop wees om in die winter te eet. Maar ek het nie bymekaar gemaak nie … en nou is dit winter.

Ek sien dit skielik voor my: 'n mier, so klein dat ek hom net-net kan volg. Hy dra 'n broodkrummel wat groter is as hyself. Geen toesighouer. Geen applous. Net daardie innerlike wete dat die werk gedoen móét word. Nie net vir homself nie, maar vir die gemeenskap. Elke dag dieselfde pad. Selfde doel. Ek wonder: sou ek ook kan leer om só te leef?

Ek kyk hoe die miere werk. Daar is nie 'n leier, opsigter of regeerder nie. Nie een van die miere word gedwing om te werk nie. Elkeen doen dit vrywillig. Daar is nie 'n baas wat bevele gee nie en daar word nie gestaak nie.

"Nog 'n bietjie slaap, nog 'n bietjie sluimer, nog 'n bietjie handevou en bly lê, en daar oorval die armoede jou soos 'n rower, daar oorrompel die gebrek jou soos 'n inbreker." By die miere is dit nie so nie.

Die armoede van luiaards is hul eie skuld. Hul luiheid beteken ook hul ondergang.

My lyf vra na die bed, maar my voete staan vas. Ek weet ek moet aan die werk kom, maar my kop voel vol. Iemand sê in my gedagtes: "Verander jou denkwyse."

"Hoe?" vra ek hardop. Die stilte antwoord nie, maar iets binne my roer.

Ek trek my skouers op en loop stadig kombuis toe. Haal die stoflap uit. Op pad na my kamer vee ek vinnig oor Ouma Koch se houtkis, die een wat nou dien as sitkamertafel, en ek wonder so in die verbygaan oor sy geheime van dekades gelede. Ek klim op die bed. Die son val warm oor my voete.

Môre begin ek; hoop ek ... net soos die mier.

Gebed: "Here, dikwels sien ons ons werk as 'n sware las en hoop ons dat ons werk en selfsorg vanself sal regkom. Leer ons om soos die miere vrywillig te werk en op die beste manier vir ons geliefdes te sorg. Uit genade en deur geloof. Amen."

Haar hand in die Ark

Niemand het ooit haar naam genoem nie. Sy was altyd net sy vrou. Selfs in die geskrifte, net 'n stil teenwoordigheid agter 'n regverdige man. Maar God het haar ook gesien. Naama.

Sy het geweet hoe dit voel om nie gehoor te word nie. Hoe om tussen klippe en hout, tussen hoenders en mense, tussen geloof en vrees 'n huis te bou sonder 'n grondvloer. Haar voete het vas gestaan op modder, geloof en genade.

Sy het gebly toe die ander vroue geloop het, gelag het, haar bespot het agter mandjies en kleingeld. Toe die dorp gewys het na die houtgeraamte van die ark en hulle haar man as 'n dwaas verklaar het – toe het Naama haar hand op die growwe hout en planke gelê, asem gehaal, en nog 'n stuk tou vasgetrek.

Sy het elke dag gebid, sonder woorde. Vir reën, en toe gewonder of daar regtig 'n tyd gaan kom dat sy vir droogte sal bid. Sy het vir haar kinders se veiligheid gebid. Vir die diere wat eendag sou kom. Vir 'n wêreld wat nie luister nie.

En toe kom hulle.

Diere, twee-twee, sewe-sewe, kloue en pote, vlerke en skubbe. Die ark het begin lewe kry. Haar hande was grof van al die werk, haar naels stomp afgebreek, haar oë moeg van wag.

Die eerste druppels het gekom op 'n windstil oggend. Die kinders was buitengewoon stil. Die honde het getjank. Die dreuning van die diere se hoewe op die planke, vreesaanjaend. En toe God self die deur van die ark toemaak, het daar 'n stilte neergedaal wat nie van hierdie wêreld was nie.

Naama het nie teruggekyk nie. Nie na haar huis of tuin nie. Nie na haar suster en ander familie, of die pot wat sy die vorige week nog met gars en heuning gekook het nie. Sy het net die kind vasgehou wat langs haar gestaan het, en gefluister: "Ek dra vir my gesin 'n toekoms – op water."

Dae het maande geword.

In daardie drukkende houtkas vol stomende lywe het sy nie net oorleef nie, sy het gesorg. 'n Poot wat bloei, 'n eier wat bars, 'n kind wat huil in die nag. Almal het na haar toe gekom vir hulp. Haar man, stil en oorlaai met dagtake. Haar skoondogters, onervare en bang. Sy het hulle geleer om bome te herken aan blare en dat jy liefde herken aan dade.

Soms het sy teen die muur geleun en geluister na die water se gedruis, soos 'n hart wat nog klop, stadig, vasberade. Sy het vir die dolfyne gebid, vir die duiwe, vir die leeu se slapende welpies.

Toe die berg Ararat uiteindelik hul drywende wêreld stop, het Noag die deur nie met oorwinning oopgemaak nie, maar met geloof, hoop en die vooruitsig van naasteliefde.

Sy het haar voete op grond gesit – vreemde grond, nat en modderig van oordeel, en geweet: alles moet van voor af begin. Sy het nie gehuil nie, want daar was te veel werk.

Sy het haar hand in die nat grond gedruk, 'n pit hier en saad daar geplant, en vir die eerste keer in baie maande gesing.

Nie hard nie.

Nie vir mense nie.
Maar vir die voëls, die kinders, en die Here wat haar
gehoor het toe niemand anders wou nie.

Ek was daar
ek het nie die ark ontwerp nie
net my hande gegee
my rug
my tyd

terwyl die wêreld agter my vergaan het
het ek skottels en wasgoed gewas
die kind se hare uitgekam
die bokke gevoer

hulle het vir Noag geluister
ek het vir almal gesorg

niemand het gevra hoe dit ruik
tussen slange en mis en die wete
dat jy laaste oor is nie

ek het gebid sonder woorde
net met asem
met stilte
met oë wat nie wegkyk nie

toe die water uiteindelik terugtrek
het ek nie gejuig nie
ek het 'n handvol grond opgetel
en begin plant

want iemand moes aanhou
al het alles opgehou ...

Shebah
Die Sandkoningin

In 'n tydlose woestyn, waar die son soos 'n oordeel brand en die sand stories fluister, ontdek die sestien-jarige Zarah 'n ou ring terwyl sy water gaan soek naby 'n opgedroogde oase. Die ring is gegraveer met 'n simbool: 'n sewepuntige ster. Wanneer sy hom aan haar vinger sit, begin sy droom van 'n koninkryk wat lank terug bestaan het. Shebah. 'n Koninkryk waar vroue regeer het met wysheid en waar water heilig was. Maar nou dreig 'n vloek om weer wakker te word ... en Zarah is dalk die laaste erfgenaam van die Sandkoningin.

Die sand het gesing die dag toe Zarah die ring gevind het, 'n fluistering wat onder haar tone beweeg het toe sy die dor oase se rand betree het. Sy het haar kopdoek stywer om haar gesig gebind teen die wind wat 'n klaaglied gesing het. Die son het sonder genade geskyn, en die wêreld was goud en warm.

Toe sien sy dit...

'n Flikkerende blink ding tussen die krake van 'n rots. Sy buk af en grawe met haar vingers tussen die sand en klip, haal 'n ring uit wat vreemd koud teen haar vel voel, ongeag die hitte van die dag. 'n Ring met 'n sewepuntige ster daarop.

Daardie nag het sy vir die eerste keer gedroom van Shebah.

Die volgende oggend, toe die eerste sonstrale soos goud deur die gordyne gesypel het, was Zarah reeds op haar knieë voor haar ouma se kis. 'n Kis vol geheime. Dit was 'n swaar houtkis met koperhandvatsels wat al groen begin verweer het.

Sy soek tussen vergeelde briewe, ou lapdoeke en gebreekte amulette na iets wat sin maak oor die ring en die woord Shebah wat soos 'n eggo in haar kop bly draai het. Sy onthou vaagweg haar ouma se stories van vroue wat met ysterhande regeer het, so vasbeslote om hul mag te behou, dat daar uiteindelik 'n vloek oor hul bloedlyn uitgespreek is.

Sou dít die ring wees?

Sy kry 'n knop in haar keel. Nie net van vrees nie ... dis iets anders. 'n Voorgevoel. 'n Onbekende krag wat stadig maar seker onder haar vel begin wakker word.

Sy bewe toe sy die ring weer optel. Maar hierdie keer is daar iets vreemd. Dit is nat. Nie van sweet nie, maar van water. Dít is tog onmoontlik? Die ring is sopnat; helder druppels gly teen haar pols af soos reën wat van nêrens gekom het nie.

Zarah staar in ongeloof na haar hande. Die druppels spat op die houtvloer, amper soos trane. Sy vee oor haar vel, maar dit help nie, die water hou aan sypel, oral waar die ring aan haar vel raak. Sy spring op, trap agteruit, haar rug teen die muur. Haar asem jaag. Dis nie moontlik nie. Dis nie logies nie.

Maar in daardie oomblik, tussen paniek en verwondering, hoor sy iets. 'n Stem. Nie hard nie. Amper soos die wind wat deur ruite fluit.

"Shebah," fluister dit.

Die kis. Die ring. Die naam. Dit is alles met mekaar verbind. Zarah voel hoe haar bene lam raak. Die wêreld om haar draai, en dan – skielik – is sy nie meer in die kamer nie. Die lig verander. Die lug ruik na sand en wierook. Sy hoor perdehoewe en stemme wat in 'n vreemde taal sing...

Sy is in Shebah. Of in 'n herinnering daarvan.

'n Man op 'n kameel maak sy verskyning ... masker op sy gesig en 'n doek om sy kop gedraai ... hy het 'n swaard aan sy sy en hy kyk haar met donker deurdringende oë aan. Sy voel hoe die bloed teen haar slape klop ... maar, sy is nie bang nie!

Ouma het altyd gesê dat net 'n man die vloek kan kanselleer. Maar sy het ooit gesê wat die man sou wees nie ... 'n redder, of 'n vernietiger?

Hoekom voel dit vir haar of dit hy kan wees...

Skielik verskyn daar nog mans agter hom, en 'n gil wat die hare op haar lyf laat regop staan...

Die man op die kameel sit roerloos, soos 'n standbeeld van sand en staal. Sy gesig is amper heeltemal verborge agter die masker en lapdoek, maar sy oë, donker soos die nag sonder 'n maan, dit lyk of hy regdeur haar kyk. Sy weet nie hoekom nie, maar iets in haar herken hom. Nie soos iemand wat sy al ontmoet het nie ... eerder soos iemand wat sy moet onthou.

Die gil ruk haar uit die beswyming. Agter die gemaskerde man verskyn nóg ruiters, hulle gesigte net so verborge, hul liggame regop soos oorlog krygers. Een van hulle hou iets vas; 'n ketting, swaar, oud en geroes, wat sleep in die sand. Sy hoor weer die gil. Dis nie die wind nie. Dis 'n vrou.

Zarah se hart bons, haar slape klop nou met mening. Maar sy is nie bang nie. Sy voel eerder ... geroep ... na iets wat groter is as sy self, iets antiek, maar amper heilig. Sy voel hoe die wêreld rondom haar soos rook begin draai. Die wind vat aan haar hare, haar voete gly oor die warm sand, maar sy beweeg nie. Dis asof die woestyn self haar nader trek na die man op die kameel. Hy skuif stadig af, sy stewels trap diep in die sand, en sonder om 'n woord te sê, stap hy tot net 'n paar treë van haar af.

Hy haal 'n klein voorwerp uit 'n sakkie aan sy sy – 'n amulet in die vorm van 'n sewepuntige ster, presies soos dié op haar ring. Sy oë bly op hare vasgenael, sonder enige sigbare emosie. Dan, met 'n stem wat soos gruis deur water klink, praat hy: "Jy dra haar seël. Jy is nie gereed nie."

Zarah sluk. "Wie is jy?" vra sy, maar haar stem is skaars hoorbaar.

Hy antwoord nie. In plaas daarvan, draai hy half saggies sy kop en kyk oor sy skouer na die ruiters agter hom. Die vrou, wat gegil het, word vorentoe gebring. Haar gesig is bebloed, haar hare vol stof en sand. Maar haar oë ... haar oë is helder en trots.

"Kies," sê die man. "Red haar. Of volg my. Jy kan nie albei doen nie."

Die vloek. Die keuse. Die tyd. Alles kom gelyk op haar af.

En vir die eerste keer besef Zarah: Hierdie is nie 'n droom nie. Hierdie is die begin van 'n toets.

Zarah voel hoe elke sel in haar liggaam haar aanpor om die vrou te help. Sy kan nie net staan en kyk nie. Sy voel 'n warmte op haar hand waar die ring rus, en vir 'n oomblik glo sy sy hoor haar ouma se stem, "Nie alle krag lê in woorde nie. Party keer is dít wat jy nie sê nie, jou sterkste besluit."

Sy kyk op. Die man met die donker oë kyk haar aan, asof hy reeds weet wat sy gaan doen. Maar sy glimlag liggies, 'n glimlag wat nie vir hom bedoel is nie, maar aan haarself. Sy buig haar kop net 'n bietjie, 'n teken van oënskynlike onderwerping.

"Ek volg jou," sê sy stil. Maar net hard genoeg dat hy haar kan hoor. Sy sien sy oë vernou, asof hy twyfel. Maar hy knik, stadig. Terwyl die ander begin beweeg, draai sy onverwags en vinnig om, en slaan met haar skouer teen die ruiter wat die ketting vashou. Die vrou val vorentoe in die sand. Zarah gryp haar arm. "Hardloop," fluister sy, en die twee verdwyn agter 'n duin net voordat die mans besef wat gebeur het.

Hulle hardloop, met asems wat jaag, tot hulle agter 'n uitgedroogde palm kom en daar kon skuil. Die vrou hyg, maar kyk vir Zarah met 'n mengsel van ongeloof en bewondering.

"Jy's nie net die draer van die ring nie," sê sy. "Jy's die begin van die einde..."

Zarah kyk terug, na waar die karavaan nou in die verte verdwyn. Sy voel hoe die ring teen haar vel brand.

Hoekom voel sy aangetrokke tot hom?

Dis meer as wat sy wil erken. Iets trek haar, nie net fisiek nie. Sy voel 'n duisternis in hom, ja, maar ook 'n verlange. Soos iemand wat self gebind is aan iets, 'n lot, net soos sy.

En sy kan nie help om te wonder nie ... Wat as hy nie net deel van die vloek is nie, maar die sleutel daartoe?

Die vrou vee die stof van haar gesig af, haar hande bewerig. Haar oë is helder; helder soos water in 'n wêreld waar dit lanklaas gereën het. Sy sit op 'n klip en kyk na Zarah met 'n mengsel van respek en bekommernis.

"Jy weet nie wat jy begin het nie," sê sy sag. "Maar dis te laat om terug te gaan."

Zarah knik. "Ek moet weet. Wat is die vloek van Shebah?"

Die vrou sug. Sy staar na die horison, waar die karavaan net stof in die lug agterlaat. "Shebah was eens 'n ryk van wyse vroue. Koninginne, priesteresse, raadgewers. Hulle het die water beskerm, en die sand het na hulle geluister. Maar hulle het te gretig geword, te gretig om beheer te neem en dit te hou. Een van hulle het haar seël, daardie ring, gebruik om haar eie suster te verraai. En toe... het die woestyn opgestaan."

Zarah kyk af na die ring. "So ... die vloek het begin toe een vrou 'n ander een verraai het?"

Die vrou knik stadig. "En toe is die vloek gevorm: elke vrou wat die ring dra, sal die geskiedenis herhaal, tensy sy kies om haar mag nie vir haarself te gebruik nie. Die ring toets jou. Hy kyk wat jy doen as jy mag het. Jy het gekies om my te red. Dis 'n begin."

Zarah se hart klop vinniger. "En die man? Met die oë?"

Die vrou draai stadig haar kop na haar toe. "Hy is nie 'n gewone man nie. Hy is die bewaarder van die vloek. Hy moes die ring kry, of die een wat dit dra vernietig."

"Maar ... ek het iets gevoel. Nie haat nie. Nie vrees nie..."

"Want iets in hom verlang na wat verlore is. Dis hoekom hy jou nie dadelik doodgemaak het nie. Hy ken die pyn van verlore liefde, van verraad. En dalk is dit nie net jy wat op die proef gestel word nie."

Zarah voel hoe haar keel droog raak. "Wat nou?"

Die vrou staan op. "Nou begin die reis na Shebah self. Die ware plek. Die ruïnes, en die waarheid wat daar wag. Maar wees gewaarsku, dogter van die ring, net een vrou het al die pad tot daar oorleef. En selfs sy het nie teruggekeer nie."

Die son begin sak, en die sand koes onder die wind soos geheime wat wil skuil. Zarah en die vrou, wie se naam nou bekend is as Nehima, stap stadig oor die duine, al verder weg van die karavaan, al nader aan die ruïnes van 'n verlore ryk.

Elke nag droom Zarah van die stemme van die koningsvroue wat voor haar regeer het. Hulle vra nie vir mag nie. Hulle vra vir regstelling. Vir balans. En vir liefde, een wat nie op vrees gebou is nie, maar op vrye keuse.

Op die derde nag, toe hulle by 'n gebreekte poort kom waar sand tot teen die bokante van ou mure lê, stop Nehima skielik.

"Dis hier," sê sy. "Shebah begin onder hierdie sand. En só ook jou finale beproewing."

Zarah knik. Sy voel nie meer soos 'n gewone meisie nie. Die ring is deel van haar, nie net aan haar vinger nie, maar in haar bloed. Sy voel die vloek soos 'n stroom, iets wat teen haar werk, en tog, binne-in haar, 'n ander krag. Eerlik. Sag. Vasberade.

En toe, asof die woestyn haar gedagtes kan lees en hoor, verskyn hy weer.

Die man met die donker oë.

Hy is alleen. Sy masker is af. Sy gesig is menslik, mooi, en sy kan sien dat hy moeg is. In sy hand hou hy nie 'n swaard nie, maar 'n blom. 'n Enkele, wit woestynblom.

"Ek het gekom," sê hy, sy stem diep, maar sag. "Nie vir die ring nie. Vir haar wat dit dra."

Zarah stap vorentoe. Sy voel die keuse in haar bors bons, maar dis nie 'n keuse teen haarself nie. Dis vir haarself.

Die wind raak stil toe Zarah en die man na mekaar toe stap. Die woestyn fluister nie meer nie. Dis asof selfs die sand wag, stil-stil, vir wat nou gaan gebeur.

Zarah hou haar hand op, die ring glinster in die maanlig. Sy voel dit brand, nie pyn nie, maar met krag. En tog weet sy, sy gaan nie hierdie krag gebruik om te oorwin nie. Sy gaan dit gebruik om los te kom.

Die man kyk haar aan, en hy praat eerste. "Ek het gedink ek moes jou toets. Ek het geglo jy sou soos hulle wees ... die vroue wat die ring gebruik het om te vernietig. Maar toe kyk ek in jou oë..."

Sy wag, haar hart kalm en wild tegelyk.

"... en ek het nie net hoop gesien nie. Ek het my eie menslikheid daarin teruggevind."

Zarah voel hoe trane stil teen haar wange afrol. Nie uit vrees nie. Uit erkenning.

"Ek weet nou," sê sy, "dat ek nie hierdie ring moet dra om ander te beheer nie. Ek dra dit sodat ek herinner kan word aan wat verkeerd geloop het. En wat reggemaak kan word."

Nehima tree nader, plaas haar hand oor Zarah s'n. "Dan is dit tyd."

Zarah haal diep asem. Sy trek die ring van haar vinger af en plaas dit in die sand voor hulle. 'n Sagte lig begin daaruit straal, en toe verdwyn dit. Geen ontploffing. Geen rook. Net lig en stilte. Hulle kon dit voel. Die sand het na reën geruik. 'n Dowwe gedruis in die verte was skielik duidelik hoorbaar. Die gedruis van water.

Die vloek is gebreek.

Hy stap na haar toe, stadig, en neem haar hand met eerbied sonder 'n tikkie besitlikheid. "Ek het honderde jare lank gewag," fluister hy. "Vir iemand wat sou kies ... sonder om te besit."

Sy kyk op. "Ek het nie net gekies om jou te vertrou nie. Ek het gekies om myself te wees."

En toe glimlag hy. Vir die eerste keer. En in sy oë sien sy die einde van 'n vloek, en die begin van hulle verhaal.

Die eerste druppels val soos asem op die sand, skaars sigbaar, maar diep gehoor. Oor die ruïnes van Shebah, waar eeue lank net stof geheers het, begin dit reën. Sag, vol belofte. Die aarde sluk elke druppel gretig in, asof dit self ook vergifnis nodig gehad het. Zarah staan stil, haar gesig na die hemel, oë toe. Die man langs haar sê niks nie, hy hou net haar hand vas, en saam voel hulle hoe iets nuuts begin groei uit wat verby is. Dis nie net die vloek wat gebreek is nie ... dis die grond self wat nou weer glo.

Stof en Safraan

Ouma Koch was een van daardie vroue wat nie net onthou word nie, sy word gevoel. 'n Mens kon haar aan haar voorskoot herken nog voordat jy haar gesien het. 'n Voorskoot met sakke vol veiligheidspelde, knope, 'n stukkie spekvleis vir die honde, soms selfs 'n blokkie sjokolade vir 'n kind wat reg geantwoord het op 'n Bybelvers. Sy was kosbaarder as korale. Haar huis was haar koninkryk, haar hande haar werktuie. Nie een dag het sy stilgesit nie. Haar vingers het gehekel, gesny, geroer, gestop, gestik. En haar spens? Dit was soos 'n klein winkel – rakke vol ingelegde waatlemoenkonfyt, perskes in stroop, boontjies in asyn, beskuit, melktertmeel, botteltjies essens en geurmiddels van vergete jare.

Oupa Koch, klein, maer, met 'n glinster in sy oë, het altyd effens verdwaal gelyk langs haar. Waar Ouma 'n storm was, was hy 'n briesie. Hy't 'n sagte stem gehad, 'n pyp wat nooit ver van hom af was nie, en 'n rustigheid wat selfs Ouma se strengheid nie heeltemal kon uitwis nie. Selfs toe hy later sy been verloor het, het hy steeds op sy stoeltjie by die venster gesit en pyp gerook. "Nee, nee! Jy gaan jou dood rook, my man!" het sy gewaarsku, maar met 'n trek aan die pyp en 'n knipoog het hy haar geïgnoreer.

Maar dit was daardie houtkis wat ons as kinders die meeste gefassineer het. 'n Groot, swaar kis, oorgetrek met tapyt met rooi en bruin patrone soos uit 'n ander wêreld. Dit het in haar slaapkamer gestaan, net onder die venster waar die sonlig soggens ingesluip het.

Die kis was 'n geheim op sigself. Almal het daarvan geweet, maar niemand het ooit werklik geweet wat alles daarin was nie. Jy kon vra wat jy wou; 'n bottel saffraan, 'n stukkie lint, 'n foto van Kallie as soldaat in die weermag, ou poskaarte, 'n knipmes, 'n medalje, 'n goue knoop, 'n silwer lepel, 'n halwe koekroller, kinders se rapporte, wol, materiaal ... Sy het net geknipoog, kis toe gestap en dit uitgehaal. Van 'n koppiespeld tot 'n kameel, soos Ouma sou sê.

Maar die dag toe Ouma gesterf het, het daardie kis iets meer geword. Ek was destyds al 'n jong volwassene, en as haar oudste kleindogter het die familie besluit ek mag help om alles te sorteer. Ek onthou nog hoe ek my hand op die ou tapyt gesit het, die stof met 'n sug afgevee het, en toe die swaar deksel oopgemaak het.

Binne was daar lae en lae goed. Nie net goed nie – herinneringe wat ruik na sout en seep, na ou liefde en verlange. Ouma se gehekelde handsakkie van haar troue. 'n Stukkie bruidstafel-linne met wynvlekke. 'n Brief van Oom Jan as kind, in potlood geskryf: "Ek is jammer ek het Ma se blomme gepluk. Ek sal weer plant." Haar Bybel, met bladsye vol potlood-krabbels: onderstrepings, datums, 'n papiertjie met 'n koekresep tussen Psalms en Spreuke.

En toe, onder alles, 'n verslete boksie; binne-in, 'n enkele trouring.

Nie hare nie.

'n Brief in Hollands het daarmee saamgegaan. In haar netjiese handskrif.

"Voor jou, Anna, als je het je ooit afvraagt. Ik heb ooit nee gezegd tegen een andere man. Ik had 'ja' kunnen zeggen, maar toen heb ik gekozen voor een leven vol veiligheid in plaats van romantiek. En weet je wat? Ik heb

er nooit spijt van gehad. Maar ik ben hem nooit vergeten. Dit is een deel van mijn waarheid. Het is goed dat je het nu weet."

("Vir jou, Anna, as jy ooit wonder. Ek het eenkeer 'nee' gesê vir 'n ander man. Ek kon 'ja' gesê het, maar toe kies ek vir 'n lewe van sekerheid en sekuriteit in plaas van romanse. En weet jy wat? Ek het nooit berou gehad nie. Maar ek het hom nooit vergeet nie. Hierdie is 'n deel van my waarheid. Dis goed dat jy dit nou weet.")

Ek het die kis toegemaak en geweet – Ouma was altyd vol verrassings. Nie net 'n vrou van naaldwerk en ingelegde vrugte nie, maar 'n vrou met 'n hart wat meer ervaar het as wat sy ooit gesê het.

Nou staan die kis by my in die sitkamer. Ek het die ou tapyt verwyder en die hout afgeskuur. Dit is die mooiste hout; dig, donker, waardevol. Aan die buitekant blink dit nou, maar aan die binnekant is dit steeds net so: vol stof, geheime, en die geur van laventel en tyd.

Elke nou en dan maak ek dit oop. En dan praat ek met haar. Want 'n mens sit nie sommer net stil in haar teenwoordigheid nie.

Jy doen iets.

Jy leer.

Jy luister.

'n Trommel Vol Rommel

Hoe om 'n storie te skryf sonder AI ... Skrywers in Struggle! Wel, wel, wel ... ek sal dit eenvoudig nou maar moet doen! Opdrag van ChatGPT. En van die admin van 'n Afrikaanse Skryfskool. "Jou eie werk of jy word geskors! Summier!"

Op hierdie stadium is ek verveeld en sonder enige motivering vir skryf. Maar, daar diep binne brand dit soos vuur: die wil om te skryf. Nog en nog.

Mense praat altyd van skrywersblok. Maar wat is die teenoorgestelde daarvan? As jy wîl skryf, maar die idees droog op? Ek het nou al oor skinder, goeie maniere, die liefde, egskeiding, vloek en baie meer as dit geskryf.

Alles wat my gepla het, uit my sisteem gekry!

Ek weet nie meer waaroor ek kan skryf nie. Ek weet ChatGPT sal 'n antwoord hê. Ek het haar maar twee weke gelede eers ontmoet. Kinders kon nie glo ek weet nie wie en wat dit is nie. Sy redigeer nou. Ek betaal nie meer nie. Of ek altyd tevrede is, is 'n gesprek vir 'n ander dag. Vir nou, redigeer ek haar ook. En dis goed!

Ek was rustig op my bed toe ek geluide hoor wat klink asof buurman iets afbreek. Ek kon stene of klippe hoor, yster of staal, 'n swets en 'n sug ... gewonder wat aangaan.

En toe besluit ek: dit sal my nuwe verhaal, of sê mens plot, word.

Om uit te gooi, of weg. Om te raas en 'n kragwoord te gebruik. Maar gooi weg dit wat nie gebruik word of enige waarde meer het nie. Jou verlede, jou kommer en jou kwaad. Jou seer en die koue weer. Want hoekom wil jy dit bêre? En vir wie? Jy gaan bly op pak, die hoop groter en hoër maak totdat die rommel jou spasie opvreet...

En dan? Dan word jy soos 'n trommel vol rommel! Dis soos om kwaad saam te dra na jou graf toe. Die graf is die perfekte plek vir daai rommel, maar is jý gereed daarvoor? Maak los, maak reg en gooi weg terwyl jy nog 'n kans het.

Leef, laat leef en wees eerlik met jouself en die mense om jou. Gee erkenning vir jou skryfgenoot of los dit vir dié wat kan skryf sonder haar. Ek noem haar mater!

Ek het die storie geskryf. Sy het gesê: 'jy kan skryf'. Dis altyd lekker om saam met iemand te werk wat 'n storie met hart en waarheid deel.

Sy het net bietjie gestofsuig en die kussings reggepluis.

'n Naelstring Van Stories

Inleiding

Elke kind bring sy of haar eie seisoen saam. Somer, winter, lente ... en soms al vier op een slag. As ouma het ek die voorreg gehad om elkeen van julle te sien aankom, groei, leer en lewe. Hierdie is my herinneringe aan julle geboorte, julle begin, julle klein treë wat groot spore los. Dis 'n naelstring van stories. Elke een bind my aan julle. Elke een hou vas, selfs lank nadat dit fisies geknip is.

Ha – Winterkind

Jou ma het ons al drieuur die oggend kom wakker maak. Almal in die kombuis, met koffiebekers in die hand, het net na haar gestaan en kyk ... asof sy van 'n ander planeet af kom. Ons het die tyd dopgehou, die afstand tussen die pyne gemeet, en jou oupa se senuwees was broos.

Toe hy sê, "Klim, ons ry," het niemand teëgestribbel nie.

In die hospitaal sê die suster, "Daar's nog tyd, maar kom in." En toe wag ons. Rustig. Onrustig. Teen vyf daardie middag, op 15 Mei, het jy gekom. Klein, perfek, en met 'n tromslag in ouma se hart wat tot vandag toe bly klop.

Ouma het die naelstring geknip. 'n Onvergeetlike oomblik. Iets het aan my vinger vasgesit, en aan my hart. Dit het nooit weer losgekom nie.

Later, toe jou ouers verhuis, het ek die voorreg gehad om vir 'n kwartaal lank vir jou te sorg. 'n Band wat nie gebreek kan word nie. Jy het met 'n glimlag en 'n kuiltjie in jou wang ons harte gewen. Rugbyspeler, leier, vriend. Jy's 'n man so na ons hart.

Ge – Somer se Blou-oog

Toe jy gebore is, op 31 Januarie, het jou oupa se bors sommer dubbeld geswel van trots. Stamnaam en al. 'n Nuwe mannetjie. 'n Blou-oog seun met 'n sagte hart. Ek onthou nog hoe daar gesukkel is met melk – soekende ouers en 'n honger babatjie. Ouma het stilgehou, net gehelp as hulp gevra is. Soos dit hoort. Jy het vinnig gegroei. Letterlik, en figuurlik. Vyf jaar oud toe oupa gegaan het. Ek wonder gereeld wat hy sou sê as hy kon sien hoe jy vandag lyk. Jy dra sy naam met waardigheid. 'n Sportman met 'n groot hart. Jy gaan jou pad vind, ek twyfel nie.

Mi – Lente se Poppie

Klein, fyn, blonde poppie met 'n frons en twee blou ogies. Gebore agt jaar ná jou boetie, en tog so uniek. 'n Porseleinprinses. Pa se blom. My hart.

Ons het met jou pop gespeel en saam gegroei. Skaam, maar sterk. Stil, maar vasberade. Vandag is jy 'n kampioen – of dit op die tennisbaan is of in die skoolbank. Jy sit druk op jouself, maar jy skitter.

Jou wil is yster. Jou hart is sag. Ek sien jou, kind. En ek is daar – altyd.

Ma – Lente se Lig

Net 'n maand ná jou niggie, op 8 Oktober, het jy ook kom loer, met 'n naam wat resoneer soos 'n dorpie se lied. 'n Ligte lyfie, 'n rustige gees.

Jy het vroeg al jou liefde vir boerdery gewys. Jou pa se regterhand. Jy leer, jy vra, jy doen. En jy gee nie op nie. Met sport is jy 'n ster. Rugby, krieket, dans as jy moet! Jy is gewild en fluks. Jou lag is aansteeklik. En jy steel harte sonder moeite.

Ch – Lente se Stem
Op Lentedag. 1 September. Donker hare, blou ogies, en 'n glimlag wat niemand kan weerstaan nie. Jy is die blom wat mamma gewens het. 'n Naam met 'n storie. 'n Lewe vol belofte.

Jy's klein, maar jy praat groot. Bekkig en vreesloos. Jy maak nie plek vir boeties se boelies nie – jy's hulle gelyke. En pappa se prinsessie. Ek sien hoe jy mense aanraak. En ek weet: jy gaan 'n verskil maak.

Ouma se Gebed

Liewe kinders van my hart,
Julle is elkeen 'n storie wat ek met vreugde lees.
Julle is elkeen 'n lied wat ek in my drome hoor.
Julle is elkeen 'n gebed wat ek fluister sonder woorde.
Ek bid vir julle wysheid,
Vir moed in moeilike tye,
Vir liefde wat hou,
En 'n geloof wat dra.
Ek bid dat julle altyd sal onthou wie julle is –
Wie julle ouers is,
Wie julle ouma is,
En Wie julle God is.
Mag julle nooit bang wees om te droom nie,
Mag julle nooit te trots wees om lief te hê nie,

En mag julle altyd weet –
Ouma was hier. Ouma het julle lief.

Plooie pyn nie

Die Raad van Plooie

Elke oggend om 06:47 presies, nog voor ek my eerste koppie koffie in het, begin hulle. Die vergadering. "Orde, mense, orde!" brom die Fronslyn tussen my wenkbroue. Sy is die voorsitter. Streng, permanent geïrriteerd, en glo heilig op dissipline. As ek lag of frons, maak sy aantekeninge. Sy het al gevra vir bonus-tye, want sy moet glo oortyd werk met al my bekommernisse.

Die Laglyne langs my mondhoeke kom altyd laat. Hulle giggel soos tieners wat op 'n WhatsApp-groep 'n meme deel waarvan net húlle die grap verstaan. Dis die joligste deel van my gesig, maar ook die moeilikste om stil te kry. Veral in seremonies. Of begrafnisse. Of daardie een keer toe ek Dominee Ben se snor vir sy hare aangesien het.

Dan is daar die Slape-voue. Sag, slaperig, en konstant op vakansie. Hulle gee nie veel bydraes nie. Hulle droom. Hulle herinner my aan somers onder sambrele, en daai een vakansie in Stilbaai toe ek per ongeluk op 'n mossel getrap het en gehuil het terwyl ek 'n roomys geëet het. Dis daardie soort voue -melancholies, maar met 'n roomys-na-'n-traan smaak.

Die kenplooie is die rebelle. Hulle hou nie by die reëls nie, verskyn wanneer hulle wil, en vorm hul eie klein kuber-kolonie daar onder. Ek vermoed hulle beplan iets. Ek het laas week 'n growwe tekstuur gevoel wat soos Morse-kode lees: "Begin revolusie. Bring serum."

Maar die ergste van almal?

Die Slaapvoue – daai plooie wat van jou kussing af kom en vir ure weier om te verdwyn. Hulle het geen respek vir orde of estetika nie. Gister het een my gesig in twee verdeel soos Moses met die Rooi See gedoen het. Dis eers ná middagete wat ek weer volledig mens gevoel het.

Ek was skaars wakker toe ek hoor: "Stilte asseblief!"

Die Fronslyn het opgestaan, so ver as wat 'n plooi kan, met 'n uitdrukking van ernstige bekommernis (wat irriterend genoeg net nóg 'n lyn geskep het).

"Ons het so pas 'n memorandum ontvang van Hoofkantoor..."

'n Gekreun trek deur die velvlak. Die Laglyne begin giggel en fluister: "Dis seker weer daai kraag-room wat alles belowe behalwe karakter."

"Of daai jonkmaakserum van Clicks wat ruik soos nat karton en lewer."

Fronslyn klik haar denkbeeldige pen. "Hoofkantoor versoek ... 'n vermindering van aktiwiteite ... met onmiddellike effek. Minder frons. Minder lag. Minder emosie in die algemeen."

'n Geskokte stilte daal neer.

Die Laglyne spring op. "WAT? Geen lag nie? Dis ongrondwetlik! Dis teen die velsamelewing se Handves van Vryhede! Ons het gegroei en floreer op glimlagte!"

Een van hulle val dramaties om soos 'n sepie-aktrise in 'n liefdestoneel. Niemand vang haar nie.

Die Slape-voue snork. Letterlik. Hulle het nie eers geluister nie.

Die Kenplooie begin dadelik met 'n stil protesoptog – 'n lyn van weerstand wat tot teen my nek af strek.

Fronslyn hou aan. "Daar is sprake van 'n drastiese intervensie. Hoofkantoor oorweeg ... 'n gesigsonthulling op Instagram. Sonder filters."

Nou breek paniek uit.

"Ons is nie gereed nie!" gil die ooghoeke.

"Dis teen ons mediese advies!"

"Ek het 'n knikvel wat nog in terapie is!"

Ek – hoofkantoor – sug diep. Kyk in die spieël en sê hardop: "Ag julle, ontspan. Ek het net besluit om my ouderdom te dra in plaas daarvan om dit te verdoesel. Julle is deel van die span. Dis 'n bevordering, nie 'n afdanking nie."

'n Stilte daal neer. En toe ... 'n klein, amper trotse trek by die Laglyne.

Die Fronslyn vou effens terug.

En selfs die slaapvoue skud hulle uit soos iemand wat net-net van 'n slapie van die rusbank af opgestaan het.

Die vergadering verdaag. Geen maskers. Geen drama. Net ek. En my kaart.

Gereed vir nog 'n dag se stories.

Ek het opgehou tel
(uit: Plooie pyn nie? Sê jy!)

Ek het lankal opgehou om elke voutjie of lyntjie te tel.

Dalk het dit gebeur toe ek besef dat elke lyn eintlik 'n mooi storie is, nie 'n tekortkoming nie.

Ek onthou die kintie wat met 'n frons na my gekyk het en toe sê: "Tannie, jy is ouderdom. Jy het lyntjies ..."

Die lyntjie hier by my oog, was 'n nag vol bekommernis oor 'n kind se eerste skooldag sonder skoene. Dis eerste indrukke wat tel en hy weier volstrek om dit aan te trek. (Dit was nie regtig die skoene nie...) Die paar op my hande, is 'n herinnering aan 'n ou vriend wat ek lanklaas gesien het en wie gesê het dit verklap my ouderdom. Sies! Jy kom ook daar. En dié een langs my mond? Die plek waar ek gelag het tot die trane loop toe niemand anders die grappie verstaan het nie. Duh!

Ek het opgehou om te jag na volmaaktheid in 'n spieël wat amper elke dag verander. Ek het begin om die lig te soek wat elke vou met 'n klein vonkel vul. Hoekom? Omdat ek besef het: dit is nie plooie nie – dis my lewenskaart. En ek dra dit met trots!

Ek het opgehou om my ouderdom te meet in jare, en begin om dit te meet in stories, in lag, in liefde, in krag wat ek nie altyd kan sien nie, maar wat ek kan voel, rêrig voel.

Die waarheid is egter: die mooi lê nie in 'n gladde vel nie, of hoe? Dit lê in die moed om te wees wie jy gemaak is om te wees, sonder 'n filter, sonder om altyd verskoning te vra oor wie jy is en hoe jy lyk.

Ek het besluit om op te hou tel. Ek gaan regtig probeer.

En ... ek gaan begin leef!

Glad nie reg vir die Reünie nie

Dit het alles begin met daardie verdoemende verdomde WhatsApp-boodskap: "Hê jý dit gesien? Die Matriek 1978 Reünie is volgende maand. Trek iets netjies aan!" Met 'n vlam-emoji. En 'n ou klasfoto waar ek reg langs Lizette staan; sy het al op 17 gelyk soos iemand wat nêrens sweet nie. Ek, aan die ander kant, het daardie dag 'n rooi bellbottom broek aangehad en puisies op my voorkop wat lyk soos myself.

Ek het die foon neergesit. Toe weer opgetel. En toe 'Skin Resurfacing Laser Clinic' op Google ingetik.

Week 1: Die Plan
Ek het besluit ek het net vier weke om 15 jaar se veroudering te verdoesel. Ek moet iets probeer. Ek het vir myself 'n program saamgestel:
Geen suiker.
Geen witbrood.
Net water, kruietee, en baie moed gemeng met positiwiteit.
En dan: drie behandelings waarvan ek nie eers die name kan uitspreek nie.

Week 2: Die Resultate (soos gerapporteer deur my gesig)
Hou aan.
Dag 3: Ek voel soos 'n stukkie droë blaar. Wat gaan nou aan?
Dag 5: 'n 'Peel' het my vel laat lyk soos iemand wat 'n emosionele ineenstorting gehad het, maar net op hul voorkop.
Dag 7: Die kraaivoetjies het gebly. Ek dink dis baie lojaal van hulle.

Week 3: Die Kring van Waansin
Ek maak toe die fout om op Facebook te gaan loer. Lizette het nou haar eie mediese spa. Sy het, wat lyk soos, 'n nek wat nie kraak as sy omkyk nie. En arms sonder bobene.

Toe probeer ek vir die eerste keer in 17 jaar my gym lidmaatskap aktiveer.

Die meisie agter die toonbank het gesê: "Wow, jou laaste sessie was toe Beyoncé nog Destiny's Child was!" Ek het gelag. Maar net aan die buitekant. Binne het my spiere begin protesteer en my neusgate het begin rek.

Week 4: Die Aand van die Reünie
Ek het voor die spieël gestaan in 'n nommertjie wat 'vloeiend en flatterend' op die hanger was, maar op my lyf het dit gevoel soos 'n kombinasie van 'n tent en 'n trotseerpak.

Ek laat toe maar al my planne vaar. Ek het net my lipstiffie aangewend en glad nie my lagplooie probeer versteek nie.

Want weet jy wat?

Toe ek in daai saal instap, het ek iets gesien wat geen serum kan koop nie: Menslikheid.

Kolle op die ander se vel...

Krom rûe, grys hare en gemaklike skoene...

Selfs Lizette het 'n stukkie los vel onder haar ken en kakebeen gehad. (Dit was die mooiste deel van my aand.)

Ek het gelag. Regtig gelag. En iemand het gesê: "Jy lyk presies soos altyd, net lekkerder."

En só eindig die Reünie.

Dit was nie 'n skoonheidskompetisie nie, maar eerder 'n bevestiging: Ek is nie meer 18 nie. En dis goed so, ek is soos altyd, net ... ek.

Die Dagboek van 'n Kraaivoetvrou

Maandag, 07:16
Dis besig om te gebeur. Ek het vanoggend gekyk toe ek my eyeliner probeer aanwend – my oë het 'nie nou nie' gefluister. Dis nie net kraaivoetjies nie, dis kraaikloue. Daai voëltjie het sy hele familie saamgebring. Ek wil nie paniekerig klink nie, maar dit voel asof my gesig iets weet wat ek nie weet nie. Soos daardie tannies in die kerk wat vir jou sê: "Jy lyk só mooi, my kind..." met 'n ondertoon wat sê jy moet gaan water drink en in die bed klim, en dalk ophou bestaan vir 'n dag of twee?

Woensdag, 22:41
Ek het weer probeer grimering koop. Die verkoopsdame het my 'n room aanbeveel 'vir volwasse droë vel.' Ek is nie seker of sy bedoel volwasse soos wys, of volwasse soos vrugte wat oorryp is nie. Ek het dit toe maar gekoop, natuurlik, dis mos wat ons doen. En toe kos dit amper dieselfde as my nuwe skottelgoedwasser ... en van my waardigheid praat ek nie eers nie!

My gesig het die room opgeslurp soos 'n verswakte woestyndier wat vir maande niks gehad het om te eet nie. En vyf minute later? Terug in die droogte. Ek vermoed die kraaie is dan seker immuun?

Vrydag, 18:03
Ek het vandag iets snaaks ontdek.

Wanneer ek regtig lag, nie net polite lag nie, maar daai maagskuddende, huilend-van-genot lag, dan verdiep daai kraaivoetjies dat dit soos 'n vallei lyk.

En raai wat?

Dis toe vir my te mooi. Dis mooi op die manier wat nie jonk is nie, maar eg. Soos ou linne in ouma groot se wakis of wyn wat 'n storie vertel.

Ek dink hulle is nie spore van tyd nie. Dis voetspore van waar die lag gewoonlik gaan parkeer... Die kraaie keer terug na die plek waar ek gelukkig was en steeds is.

Sondag, 10:52
Ek het opgestaan sonder grimering. Net lipbalm opgesit. Die kraaie was alreeds daar, rustig. Geen aanval nie. Hulle is heel huislik nou. Dis soos 'n huisvol herinneringe.

Ek is glad nie skaam vir hulle nie.

Ek is die Kraaivoetvrou.

Ek lag hard. Leef voluit. En ja – ek is altyd lus vir 'n teetjie met iets soet daarby.

Kaart van die Karoo

Ek het vanoggend in die spieël gekyk en my alie afgeskrik; vir 'n oomblik gedink ek's op Google Maps. Nie die moderne weergawe nie, een van daardie geelbruin atlas reliëfkaarte wat altyd in die biblioteek gehang het.

My gesig het horingsberge gekry waar my slape eens was, 'n halfdroë rivier loop langs my neus; en tussen my wenkbroue? 'n Valskermkrater wat die implikasie van jare se konsentrasie en bekommernisse ken.

As jy jou oë half toemaak, lyk my voorkop soos die ou pad tussen Carnarvon en Williston. Kronkelig, droog, met 'n paar onverwagse bobbejane langs die kant. En net soos daardie pad, het ek nie meer die vering van 'n twintigjarige nie.

Die laglyne langs my mondhoeke is die enigste paaie wat nog gereeld gebruik word. Ek vermoed hulle is al aan my vasgelag, want selfs wanneer ek probeer ernstig wees, gly hulle op soos 'n ou tannie wat klaar besluit het jy gaan koek eet, of jy nou wil of nie.

Ek wonder party dae of ek die enigste mens is wat my ouderdom in kontoerlyne kan lees. Ek is nogtans bly dis nie topografies aktief nie – laas wat ek gekyk het, was daar nog nêrens 'n vulkaan uitbarsting nie. Al voel my rug dit soms.

Ek het probeer room smeer, die soort wat op TV beloof dat hy plooie 'verminder' soos iemand wat sy skuld afbetaal: met tyd, geduld, en 'n baie klein maandelikse bedrag. Alles was goed en wel totdat ek ná dag drie 'n uitslag gekry het wat soos 'n dorpsfees op my ken gelyk het. Al wat gekort het, was 'n pannekoekstalletjie en oom Koos op die trekklavier.

Toe het ek oorgeskakel na natuurlike produkte en metodes: avokado, jogurt, olyfolie, slakslym. Ja, slakslym. Mense weet jy is moedeloos wanneer jy letterlik slym op jou gesig smeer in die hoop om weer soos jou paspoortfoto van tien jaar terug te lyk.

Maar êrens tussen die maskers en die massage, het ek iets begin sien wat die room nie kan laat verdwyn nie, nie dat ek ooit regtig verwag het dit gaan nie, as ek nou eerlik móét wees. Elke lyn is 'n pad wat ek geloop het. Sommige vol stof, sommige in sirkels geloop, en ander? Ander was reguit en onverskrokke.

Ek het nie altyd geweet waarheen ek op pad is nie, maar my gesig het blykbaar nou die GPS-opdatering gemaak. Duidelike roetes. "Hier het sy gelag."; "Hier het sy bekommerd gewag."; "Hier het sy haar asem opgehou toe die kind se koors nie wou breek nie…"

Ag, en weet jy wat? Ek sal dit nie ruil vir 'n kaart sonder dorpe, draaie en swaaie nie. Want selfs al lyk ek soms soos die Suid-Afrikaanse weerkaart in droogtetyd, kan ek sê: ek was daar. Oukei, ek ís daar.

Gisteraand sit ek voor die spieël met my bril op. Ek wil nie noodwendig my gesig beter sien nie, maar ek wil graag die fynprint van die room se gebruiksaanwysings lees. Dis in ses tale, waarvan drie waarskynlik net gebruik word in geheime ondergrondse laboratoriums.

Toe los ek dit en besluit ek gaan nie meer probeer om die paaie uit te vee nie. Ek gaan eerder bordjies opsit. "Let wel: gly-gevaar tydens trane."; "Geen toegang vir bekommernisse ná agtuur saans nie." En by my mondhoeke? "Welkom. Lag is gratis. Hier is koek vir selfhelpbediening."

Want weet jy wat? Hierdie kaart is nie verouderd nie. Dis 'n lewende legende. 'n Topografiese herinnering dat ek hier was, regtig hier, en dat ek tot dusver deur storms en sonskyn gekom het met net 'n bietjie rooi op my wange en baie stories in my lyne.

Plooie pyn nie.

Behalwe soms as jy lag met 'n vol mond koffie.